Merleau-Ponty & a Educação

COLEÇÃO
PENSADORES & EDUCAÇÃO

Marina Marcondes Machado

Merleau-Ponty & a Educação

autêntica

Copyright © 2010 Marina Marcondes Machado

COORDENAÇÃO DA COLEÇÃO PENSADORES & EDUCAÇÃO
Alfredo Veiga-Neto

CONSELHO EDITORIAL
Alfredo Veiga-Neto (UFRGS), *Carlos Ernesto Noguera* (Univ. Pedagógica Nacional de Colombia), *Edla Eggert* (UNISINOS), *Jorge Ramos do Ó* (Universidade de Lisboa), *Júlio Groppa Aquino* (USP), *Luís Henrique Sommer* (UNISINOS), *Margareth Rago* (UNICAMP), *Rosa Bueno Fischer* (UFRGS), *Sílvio D. Gallo* (UNICAMP)

EDITORAÇÃO ELETRÔNICA
Conrado Esteves

REVISÃO
Ana Carolina de Andrade Aderaldo

EDITORA RESPONSÁVEL
Rejane Dias

Revisado conforme o Novo Acordo Ortográfico.

Todos os direitos reservados pela Autêntica Editora. Nenhuma parte desta publicação poderá ser reproduzida, seja por meios mecânicos, eletrônicos, seja via cópia xerográfica, sem a autorização prévia da Editora.

AUTÊNTICA EDITORA LTDA.
Rua Aimorés, 981, 8º andar. Funcionários
30140-071. Belo Horizonte. MG
Tel: (55 31) 3222 68 19
Televendas: 0800 283 13 22
www.autenticaeditora.com.br

Dados Internacionais de Catalogação na Publicação (CIP)
(Câmara Brasileira do Livro, SP, Brasil)

Machado, Marina Marcondes
 Merleau-Ponty & a Educação / Marina Marcondes Machado. – Belo Horizonte : Autêntica Editora, 2010.– (Coleção Pensadores & Educação, 19)

 ISBN 978-85-7526-496-6

 1. Educação 2. Filosofia francesa. 3. Merleau-Ponty, 1908-1961
I. Títulos. II. Série.

10-08577 CDD-194

Índices para catálogo sistemático:
1. Educação : Filosofia francesa 194

Se desde o nascimento sou projeto, impossível distinguir em mim o dado e o criado, impossível portanto designar um só gesto que não seja senão hereditário ou inato e que não seja espontâneo, mas também um só gesto que seja absolutamente novo em relação a esta maneira de ser no mundo que me é desde o início. É o mesmo que dizer que nossa vida é inteiramente construída ou inteiramente dada. Se há uma verdadeira liberdade, só pode existir no percurso da vida, pela situação de partida e sem que deixemos, contudo, de ser o mesmo – eis o problema. Duas coisas são certas sobre a liberdade: que nunca somos determinados e que não mudamos nunca, que, retrospectivamente, poderemos sempre encontrar em nosso passado o prenúncio do que nos tornamos. Cabe-nos entender as duas coisas e como a liberdade irrompe em nós sem romper nossos elos com o mundo.

Sempre há elos, mesmo e sobretudo quando nos recusamos a admiti-los. [...]

Maurice Merleau-Ponty

Ao Jonas e à Clarice, primeiros leitores.
Ao Alfredo, pela aposta.

Dedico este livro aos meus irmãos.

Sumário

Introdução 11

Capítulo I – Método da psicologia da criança: para desenvolver uma "nova linguagem" 17

Capítulo II – Os existenciais: lentes para olhar fenomenologicamente a criança 25

Primeira pétala: outridade 26

Segunda pétala: corporalidade 34

Terceira pétala: linguisticidade 44

Quarta pétala: temporalidade 57

Quinta pétala: espacialidade 63

Enraizamento do cabo da Flor: mundaneidade 69

Para regar a Flor da vida: responsividade do adulto   74

Capítulo III – Implicações do pensamento merleau-pontiano no âmbito da educação infantil....... 79

Antropologia e sociologia da infância 79

Para imaginar uma utopia 82

Implicações do pensamento merleau-pontiano para compreender o brincar, o brinquedo e a brincadeira .. 92

Implicações do pensamento merleau-pontiano para compreender o ensino e a prática teatral junto a crianças 98

Implicações do pensamento
merleau-pontiano para pensar
como avaliar a criança pequena 104

Remate 106

Capítulo IV - Para saber mais 109

Referências 113

A autora 117

Introdução

> *É em nós próprios que encontraremos a unidade da fenomenologia e seu verdadeiro sentido.*
>
> MAURICE MERLEAU-PONTY

O ponto de partida deste pequeno livro é a aproximação à obra e ao pensamento do filósofo francês Maurice Merleau-Ponty (1908-1961) sobre a criança e a infância. Merleau-Ponty foi responsável, por quatro anos, pela cátedra de Psicologia da Criança e Pedagogia na Sorbonne, no final da década de 40, início da década de 50 do século XX. No Brasil, esses cursos foram publicados inicialmente pela Editora Papirus, no ano de 1990, e em dois volumes, com o título geral *Merleau-Ponty na Sorbonne/ Resumo de Cursos*. São livros revisados pelo autor ainda em vida, escritos a partir dos apontamentos de seus alunos, uma tradição comum na França. Situar a criança a partir do diálogo com essa obra e convidar o leitor a pensar fenomenologicamente, a partir da criança mesma – e não a partir de teorias sobre ela – é nosso mote inicial.

Mergulhar no pensamento filosófico afinado com a fenomenologia da infância proposta por Merleau-Ponty foi o que procurei fazer em minha tese de doutoramento,[1] defendida na

---

[1] Minha tese intitula-se *A Flor da vida: Sementeira para a fenomenologia da pequena infância*, e foi defendida no programa de Psicologia da Educação da PUC/SP sob orientação da profa. Dra. Heloisa Szymanski, com bolsa flexibilizada CAPES.

PUC-SP em abril de 2007. Agora, para escrever para a série "Pensadores & Educação", revisitei meu texto, procurando menor academicismo e maior intimidade com aquilo que Merleau-Ponty chama de *fala falante*. Buscar uma linguagem próxima do pensamento do filósofo e perto do coração da criança e doar sentido a um dizer acerca da infância e da criança em coexistência com o adulto não parece algo fácil de concretizar; chegar próxima a essa concretização é meu projeto há anos, como escritora e psicoterapeuta, projeto desenhado ou rabiscado mesmo antes do início do doutorado, quando, em 1993, encontrei em uma feira de livros os dois volumes dos Cursos na Sorbonne.

O ponto de chegada será, ao término do livro, o enriquecimento do repertório do leitor, especialmente por meio da ampliação das formas de descrever e situar a criança no mundo: pensar em sintonia com Merleau-Ponty é pensar *além* e *aquém* das teorias – especialmente as chamadas teorias do "desenvolvimento humano". Nesse sentido, o lema da Filosofia Fenomenológica, "de volta às coisas mesmas", nos aponta um caminho de acesso à vida infantil, seus tempos e espaços, suas formas expressivas, bem como nos propõe um convite à reflexão adulta sobre toda essa experiência.

A pretensão deste texto é semear o olhar fenomenológico voltado para a vida da criança na comunidade leitora; partindo do *afastamento* da técnica e do saber teórico que cada um possui até o momento – propositiva inicial do método fenomenológico –, faremos um convite ao leitor para observar, pensar, sentir e refletir como as crianças nos apresentam aqui e agora: *quem são? Como vivem? O que nos dizem, quando dizem? Como silenciam? Como brincam e como não brincam?*

Para chegar perto das noções sobre a criança e a infância que Merleau-Ponty desvela nos Cursos na Sorbonne, há que explorar um "saber efetivo", nas palavras do próprio autor. A diferença está em *ouvir as crianças e acolhê-las em seus pontos de vista* – algo aparentemente despojado, quase ingênuo; chamo a isso um tipo de atitude de "agachamento" (de modo a ir para perto do chão, onde a criança habita): atitude que foi, talvez, descartada ou banalizada pelo viés da técnica e do conhecimento especializado, da Psicologia e da Pedagogia infantis, e hoje retomada por antropólogos e sociólogos que se dedicam ao estudo da infância.

A Psicologia Infantil, aponta Merleau-Ponty em seus Cursos na Sorbonne, afastou o adulto da criança mesma, ao criar teorias e propor procedimentos sobre como educá-la, em cada "etapa da vida", por meio do que se conceituou o "desenvolvimento humano". Esses procedimentos foram emoldurados pelas disciplinas especializadas tais como a Pedagogia, a Pediatria, a Psicologia, a Psiquiatria Infantil, bem como pelo mercado da produção cultural para a infância.

Haveria, portanto, uma simplicidade quase pueril na propositiva inicial da fenomenologia da infância: "olhar com os olhos"; uma forma de contato, expressão e comunicação com os modos de ser criança. A concepção merleau-pontiana enraíza-se na vida cotidiana e na capacidade adulta de observar, descrever, compreender e interpretar as relações da criança consigo mesma, com o outro e com o mundo.

* * *

> *"Eu vou ali, volto..." – Miguilim disse. Miguilim tinha pegado um pensamento, quase que com suas mãos. [...] Repensava aquele pensamento, de muitas maneiras amarguras. Era um pensamento enorme, aí Miguilim tinha de rodear de todos os lados, em beira dele.*
>
> João Guimarães Rosa

Para comunicar meu próprio "repensar de um pensamento", comento uma recordação: em 1993 vivenciei meu primeiro contato com a Fenomenologia com a professora Maria Fernanda S. F. Beirão Dichtchekenian. Um dia em sala de aula perguntei a ela: "Existe uma educação 'fenomenológica' a ser dada às crianças?". Era enorme meu desejo de encontrar um novo jeito de pensar a infância. Eu já trabalhava, desde 1981, como arte-educadora e estudava a obra do psicanalista D. W. Winnicott também há muitos anos.

A professora percebeu minha "voracidade" e respondeu enigmaticamente, com respeito e cautela, como fazia com diferentes perguntas de seus alunos iniciantes no estudo da Fenomenologia: "Então..."

Com o passar do tempo, já depois de formada, compreendi o "erro metodológico" que minha pergunta continha. Como se poderia "atingir uma pedagogia fenomenológica", considerando que esta deveria ser, de forma coerente com aquele método filosófico, uma *pedagogia sem pressupostos iniciais*, traçada simplesmente no caminho da criança tal qual ela se apresenta? Por ser a Fenomenologia um método filosófico, uma *maneira de pensar* e não uma prerrogativa pragmática, o que é possível fazer é sintonizar no modo fenomenológico de pensar a infância e a criança – a grande diferença, portanto, residirá em nossa *atitude* frente a ela. Esse modo foi brilhantemente lapidado por Merleau-Ponty em seus Cursos na Sorbonne.

Minha tarefa, aqui, será comentar e reorganizar as noções merleau-pontianas sobre a criança, adentrando um campo que tradicionalmente é nomeado "Filosofia da educação", apresentando ao leitor o primor do pensamento do filósofo.

* * *

Maurice Merleau-Ponty é considerado um dos mais importantes filósofos franceses do século XX. Nasceu em 1908 e faleceu precocemente, em 1961, vítima de embolia pulmonar. Fez parte, na década de 1930, de uma juventude que transformou a tradição filosófica na França: uma "geração de descontentes" com a tradição do ensino de Filosofia e que propunha que o conhecimento filosófico falasse do mundo "em carne e osso". Assim se configurou a Filosofia da Existência na França, em torno especialmente dos dois grandes nomes e duas grandes obras: Sartre e Merleau-Ponty.

INTRODUÇÃO

O germe do pensamento merleau-pontiano está em filosofar sobre o corpo, com o corpo, no corpo; trabalhar com a importante noção da tradição da Fenomenologia de Husserl, a consciência intencional; pensar os enigmas da percepção e escrever sobre eles; construir um projeto filosófico pessoal a partir da importância da linguagem e da sua significatividade. Segundo Marilena Chauí, na obra de Merleau-Ponty "corpo, mundo, linguagem e intersubjetividade revelam que o real transborda sempre, que seu sentido ultrapassa os 'dados' e os 'conceitos'" (1980, XI-XII).

Merleau-Ponty publica seu mestrado em 1942, intitulado *A estrutura do comportamento*. Suas preocupações filosóficas perpassam, todo o tempo, questões psicológicas importantes, discutidas em *O primado da percepção e suas consequências filosóficas* e na obra mais conhecida do grande público, *Fenomenologia da Percepção*, sua tese de doutoramento. No último capítulo deste livro, o leitor encontrará as referências completas das obras publicadas em português.

Ao lado de Jean-Paul Sartre, Merleau-Ponty funda a revista *Tempos Modernos*, em 1945. Em 1947 publica sua mais importante obra em filosofia política, *Humanismo e Terror*. Torna-se professor na Universidade de Lyon em 1945 e catedrático de Filosofia no Collège de France em 1952. É nesse meio tempo que realiza seus Cursos na Sorbonne sobre Psicologia e Pedagogia, entre 1949 e 1952.

Este livro, intitulado *Merleau-Ponty & a Educação*, vai dialogar especialmente com os apontamentos dos Cursos na Sorbonne, compilados pelos alunos ouvintes e participantes durante os quatro anos de sua duração e revisados por Merleau-Ponty. Os *Resumos de Cursos na Sorbonne* foram publicados na França na segunda metade da década de 1980 e no Brasil no ano de 1990 (Campinas: Editora Papirus) e em 2006 (São Paulo: Martins Fontes). É importante destacar que, entre os grandes filósofos cuja obra advém da Fenomenologia, Merleau-Ponty foi o único que deixou uma contribuição sistematizada sobre a criança e a infância.

* * *

Capítulo I

Método da psicologia da criança: para desenvolver uma "nova linguagem"

> *É que o mundo de fora também tem o seu 'dentro', daí a pergunta, daí os equívocos. O mundo de fora também é íntimo. Quem o trata com cerimônia e não o mistura a si mesmo não o vive, e é quem realmente o considera 'estranho' e 'de fora'. A palavra dicotomia é uma das mais secas do dicionário.*
>
> Clarice Lispector

Talvez a mais importante prerrogativa merleau-pontiana para fazer ciência humana acerca da vida infantil é recusar dicotomias: Merleau-Ponty convida seus alunos nos Cursos na Sorbonne a colocar entre parênteses as intermináveis discussões da separação entre natureza e cultura, entre o inato e o adquirido, entre o que é fisiológico e o que é psíquico, entre maturação e aprendizagem. Fazendo isso, recusando todas aquelas dicotomias, os alunos chegariam mais perto da criança e da compreensão de como ela vive: "ora, se a criança constitui um momento numa dinâmica de conjunto, é impossível repartir a conduta infantil". Não cabem dualismos na construção de uma Psicologia da Criança; o filósofo nos convida a *buscar totalidades*. Para ele, a criança vive um corpo "fenomênico e indiviso". Ela está "no social e no seu corpo, nos dois meios ao mesmo tempo sem nenhuma dificuldade" (1990b, p. 230).

No final dos anos 1940, Merleau-Ponty propõe algo hoje consolidado no campo da Antropologia e da Sociologia da Infância: que o adulto enxergue a criança do seu próprio ponto de vista, "do ponto de vista do pesquisado" (e não do ponto de vista do pesquisador). Essa propositiva resume a crítica do filósofo às pesquisas de Jean Piaget; a proximidade com a Antropologia, somada à sua forte crítica à noção de "representação de mundo" para pensar a criança pequena, traduzem, em grande parte, a originalidade da obra sobre a infância de Merleau-Ponty. O filósofo afirma que não se encontra, na criança, uma tese sobre o mundo, daí a impossibilidade de discorrermos sobre sua "representação" dele. Por trás desse dizer, está o fato de que Merleau-Ponty discutia, nos Cursos na Sorbonne, três concepções ou olhares para a criança. São elas, na terminologia do filósofo: a concepção mecanicista ou empirista; a concepção idealista ou logicista; e a concepção dialética. Na primeira concepção, o desenvolvimento seria tido como resultado de "uma soma de mudanças"; na segunda concepção, as formas iniciais do pensamento seriam quase um "não pensamento" (inteligência sensório-motora, por exemplo), e o crescimento se daria por um salto para um pensamento em equilíbrio; Merleau-Ponty reafirma o terceiro caminho e diz que "quem melhor tem expressado essa teoria" é Wallon,[2] alguns psicanalistas e os gestaltistas,[3] essa via é aquela que revela uma concepção dinâmica em que "o movimento modifica seu próprio movimento" (1990b, p. 19).

Também o modo como Merleau-Ponty define a vida infantil e o desenvolvimento é emprestado dos gestaltistas: a

---

[2] Médico e psicólogo francês especialista em Psicologia Infantil, nascido em 1879 e falecido em 1962 e, portanto, contemporâneo de Merleau-Ponty, inclusive como professor na Sorbonne.

[3] Os "Gestaltistas" são teóricos alemães – em português, diz-se também os pensadores da Teoria da Forma – que construíram, nas primeiras décadas do século XX, uma Psicologia da Percepção. É sua questão central "o modo como se estruturam e se reestruturam constantemente novas totalidades em nossa percepção". Entre outros problemas fundamentais, "levantaram questões como as de identidade, dos significados, de sínteses e de níveis de complexidade" (OSTROWER, 1998, p.69).

percepção da criança é como a experiência de uma primeira *organização de dados;* desenvolver-se, amadurecer, crescer é revelar *capacidade de reorganização desses dados iniciais.*

Para nosso filósofo, não existe uma "natureza infantil": conceber uma natureza infantil *a priori* foi um dos grandes erros daquilo que Merleau-Ponty nomeia "a psicologia clássica". Para ele, um grande objetivo da "nova psicologia" precisará ser "reintegrar a criança ao conjunto do meio social e histórico no qual ela vive e diante do qual ela reage" (1990b, p. 221). Para tal, é necessário compreender que *a criança é polimorfa*, e essa característica de polimorfismo permite à criança a coexistência de possibilidades; a criança não é nem um "outro" absoluto, nem "o mesmo" que nós.

O polimorfismo é uma característica que se desdobra em todos os âmbitos da vida da criança: seu corpo é polimorfo, sua noção de tempo e espaço é polimorfa, sua expressividade na fala e no desenho também. O polimorfismo convive com algo que Merleau-Ponty nomeia "prematuração":

> Esse polimorfismo é acompanhado de prematuração: a criança leva, já de início, uma vida cultural; ela entra muito cedo em relação com seus semelhantes. Ela manifesta interesse pelos fenômenos mais complexos que a envolvem; por exemplo, pelos rostos para os quais ela adquire uma verdadeira ciência da decifração, numa época em que se poderia pensar que ela só tem vida sensorial (1990b, p. 221).

Assim, já vemos esboçada uma contraposição à tradicional noção de "inteligência sensório-motora", pois haveria, nos bebês, uma capacidade, ainda que pré-reflexiva, de "decifrar" acontecimentos e pessoas do mundo compartilhado, experiência de trocas entre bebês e adultos, revelando seus *modos de intersubjetividade:* outra maneira merleau-pontiana para definir *inteligência.*

Merleau-Ponty também conversava, em seus Cursos na Sorbonne, com "novas pedagogias" que inferiam que o adulto poderia ser "retirado" da educação:

A criança não pode adquirir as técnicas da vida se é deixada a si mesma ou submetida a seus educadores. Nos sistemas escolares, onde a criança está sempre diante da criança, o puerilismo desenvolve-se e reina até um certo aborrecimento. Podemos nos perguntar se a presença do adulto e até certos conflitos com ele não têm valor formador (1990b, p. 218).

Estará em jogo, sempre, a relação criança-adulto:

> Urdimos, portanto, a cada momento, nas nossas relações com a criança, a sua atitude. Como conseqüência, pode-se dizer que na psicologia da criança, antes mesmo que haja uma ciência psicológica, *os fatos são sempre interpretados, porque eles são sempre a expressão de uma relação* estabelecida entre o adulto e a criança. Também o fato é sempre *uma concepção que atesta o que a criança é, mas ao mesmo tempo como o adulto pensa a respeito dela e a trata* (1990b, p. 222, grifos nossos).

Merleau-Ponty nos fala de concepções, contextos, situações; ele é pioneiro em apontar o caminho interpretativo para que exista, nas palavras dele, uma psicologia "científica" e "nova". Ele afirma que, para que haja rigor, a ciência psicológica não poderá ser simplesmente a notação dos fatos: "O fato histórico não é nada, *somente a significação é válida. O fato qualitativo é original e reconstruído*" (1990b, p. 223; grifos nossos).

É também fundamental levar em conta o *organismo em situação*, sem nunca separar campo motor e campo perceptivo. As noções de situação e de organismo Merleau-Ponty também empresta da teoria da Gestalt:

> A situação comporta não todos os elementos do mundo exterior mas somente "o conjunto dos traços do mundo exterior que são capazes de provocar da parte do organismo uma resposta". É o resultado comum das experiências internas de um organismo e dos dados exteriores. A situação é

uma mediação entre o puro objetivo e o próprio esforço do organismo, o lado subjetivo da organização. *A situação é portanto essencial para conhecer o indivíduo, o organismo em questão, porque ele está no ponto de junção de fora e de dentro* (1990b, p. 236; grifos nossos).

A compreensão do que é a "situação" nos remete à epígrafe inicial deste capítulo, o dizer de Clarice Lispector sobre a secura da palavra "dicotomia". Aliás, a fenomenologia de Merleau-Ponty é passível de inúmeros elos com a obra de Clarice Lispector e com seus processos de criação; no decorrer deste livro, visitaremos mais vezes esses interessantes intercâmbios.

Também para Merleau-Ponty não se deve fazer "mau uso" da noção de objetividade frente às crianças, pois a vida infantil se dá em conexão com algo que o filósofo nomeia *pensamento pseudo-objetivo*, e não se deve olhá-la de modo realista[4] estrito senso, ou seja, como se a criança compreendesse o mundo, as coisas, as palavras, de maneira regrada, ordenada ou até literal, nem tampouco da maneira "objetiva" do adulto.

Para esclarecer a noção de pensamento pseudo-objetivo, Merleau-Ponty vai questionar especialmente o uso do conceito de "representação de mundo"; como já foi inicialmente comentado, para o filósofo, as crianças pequenas *não representam o mundo: elas o vivem*. A experiência da vida infantil não se dá de maneira objetiva por não haver como ela distanciar-se (de modo a fazer alguma *representação* do que quer que seja): há na criança uma *unidade anterior à unidade intelectual*, unidade vivida, pré-lógica, que Merleau-Ponty define como "uma ordem que não é uma ordem racional mas que também não é o caos" (1990b, p. 229). Não haveria como "mediatizar" as experiências vividas pelas crianças por meio do pensamento formal ou pela linguagem adulta objetivista. O desafio proposto por Merleau-Ponty é

---

[4] Disse Gaston Bachelard: "todo realista é um avarento. Reciprocamente, e neste sentido sem reservas, todo avarento é realista" (In *A Formação do Espírito Científico*, 1996, p.164).

resumido em uma frase: "Às vezes, nós não somos também pré-lógicos?" (1990b, p. 218).

A criança habitaria uma espécie de "zona híbrida", a "zona da ambiguidade do onirismo",[5] em que, em termos da linguagem adulta, realidade e fantasia se misturam. Compreender, tolerar, *positivar esta ambiguidade e seu polimorfismo* são as chaves do pensamento merleau-pontiano sobre a criança e a infância.

Desse modo, a configuração de um campo do que é a vida infantil e suas especificidades permite a Merleau-Ponty a explicitação de quatro "precauções metodológicas" a serem tomadas para a constituição de um projeto científico de psicologia da criança:

1. Não há algo denominado "mentalidade infantil", nem tampouco existe uma criança que não participe da vida humana adulta: é impossível "retirar" o adulto de sua vida;

2. A criança é polimorfa, coexistem nela diversas possibilidades, em todos os âmbitos, inclusive do ponto de vista cultural;

3. Inteligência e imitação possibilitam uma relação que introduz a criança na herança cultural, e essa relação acontece por um "duplo fenômeno de identificação": da criança com os pais, e vice-versa (dos adultos com ela), sendo as condutas múltiplos resultados desse duplo espelho;

4. No entanto, somado ao polimorfismo, há um fenômeno de pré-maturação: a vida da criança está, desde o início e sempre, definida relativamente a pessoas e instituições: "a criança antecipa, está em relação com uma cultura e ligada de antemão ao meio das relações antecipadas" (1990b, p. 227).

---

[5] Entenda-se por "ambiguidade do onirismo" a presença, na maneira de ser e perceber o mundo da criança pequena, em sua vida acordada, de todos os recursos da nossa *linguagem dos sonhos*: mistura de fatos cotidianos ("restos diurnos"); tempos e espaços não realistas; figuras misturadas (homem-mulher, humano-animal, coisa-humano); deslocamentos de pessoas e situações, condensações, etc. Para compreender melhor esse universo onírico, consultar o *Dicionário de Psicanálise*.

As quatro precauções citadas acima levarão o pesquisador a um projeto centrado no esforço de compreensão da criança nos seus modos de ser, estar e relacionar-se; a relação com seu meio não acontece, absolutamente, pelo "grau de seu desenvolvimento fisiológico". Só assim se firma a hipótese de uma Psicologia da Criança. Para aproximar-se dela, o filósofo menciona a necessidade de uma "nova linguagem" que revele as relações criança-corpo, criança-outro, criança-espaço, criança-tempo, criança-linguagem, criança-cultura. A linguagem que Merleau-Ponty propõe ao pesquisador da infância é pautada nas descrições das relações, *perscrutadas* (palavra querida por Merleau-Ponty!) com rigor e detalhe.

Assim, reconstruindo uma dinâmica interpessoal, prevenindo-nos contra o realismo, levando em consideração o organismo em situação, reconhecendo a ambiguidade e o polimorfismo da consciência infantil, poderemos "chegar ao centro do fenômeno concreto. [...] É preciso captar a totalidade do futuro da criança, reconstruir o desenvolvimento dinâmico e não numerar um certo número de resultados ótimos conseguidos pela criança ou não conseguidos num momento dado" (1990b, p. 231).

O leitor rapidamente perceberá que todos esses princípios serão revisitados ao longo dos próximos capítulos. Pois é a maneira como se olha para a criança, é nossa visão de infância que norteia nossas condutas diante delas e com elas; enxergar a criança por meio do olhar fenomenológico merleau-pontiano trará interessantes desdobramentos para o modo de ser e estar do educador frente às crianças pequenas. Merleau-Ponty, estudioso da teoria da Gestalt,[6] nos convida, em imagem, para que *o que era "fundo" se torne "figura"*, em busca de uma "posição culturalista" para compreender

---

[6] A Teoria da Gestalt preocupou-se, inicialmente, com os fenômenos de ilusão de ótica, a partir de pesquisas com imagens. Dependendo do modo como olhadas tais imagens, vê-se *uma figura e seu fundo* e, na outra perspectiva, o *fundo* [da mesma imagem] *se torna a figura*, enquanto que *a figura anterior passa a ser fundo*. (Quem nunca viu a imagem do vaso que, visto de outro modo, se torna o perfil de uma velha?)

as maneiras de existir das crianças pequenas. Essa compreensão prevê uma reviravolta metodológica: a positivação dos fenômenos infantis.

Positivar é deixar de buscar o que ali não está, em todos os âmbitos da vida da criança. Merleau-Ponty, sem questionar os fatos da psicologia do desenvolvimento, propôs nos Cursos na Sorbonne a revisão da interpretação desses fatos. Descrever a experiência infantil tal como ela se apresenta é "voltar às coisas mesmas", lema do método fenomenológico. Aqui mora o olhar merleau-pontiano, o que é próprio de sua visão de infância: na positivação dos modos de ser e estar da criança, especialmente no que diz respeito a três de suas características, ou três daquelas maneiras de ser – a *não representacionalidade*, uma *qualidade onírica da sua vida* cotidiana e seu *pensamento polimorfo*. Sobre os desdobramentos decorrentes desse jeito adulto para compreender a criança pequena e relacionar-se com ela é que este livro discorrerá.

| Capítulo II

Os existenciais: lentes para olhar fenomenologicamente a criança

Para continuar nossa interlocução com os Cursos na Sorbonne, vamos agora neste capítulo pensar na criança como *organismo em situação*, em sintonia com o que Merleau-Ponty nos propôs. Brincando com a imagem do "Jardim de Infância", em minha tese de doutoramento[7] criei *A flor da vida*: um desenho de "flor-palito" cujas pétalas se constituíram pelos existenciais, ou seja, pela *outridade* (relação criança-outro), pela *corporalidade* (relação criança-corpo), pela *linguisticidade* (relação criança-língua), pela *temporalidade* (relação criança-tempo), pela *espacialidade* (relação criança-espaço), e o *cabo da flor* (que a enraizará no solo) é traçado pela *mundaneidade* (relação criança-mundo). Para *regar a Flor da vida*, precisamos da mão do adulto, de seu gesto, cuidado e *responsividade;* o adulto apresentará a criança ao mundo e à cultura, na qual, aliás, ela já nasceu imersa. Procurando conectar-me com a "nova linguagem" a que se refere Merleau-Ponty, tal como a compreendo, aproximei-me da poesia e escrevi:

A Flor da vida

Um dia...
num eixo espaço-temporal
dois outros me concebem:

---

[7] Minha tese encontra-se integralmente na biblioteca virtual da PUC-SP. Na concepção original dessa imagem de flor, no decorrer da escritura de meu doutorado, havia mais uma pétala, a da culpabilidade; na defesa, a banca sugeriu que eu não trabalhasse com essa noção, uma vez que ela não se encontrava na leitura merleau-pontiana da infância, mas sim na de Soren Kierkegaard (1813-1885).

pelo corpo vivo e pela palavra,
pelo encontro do eixo tempo-espaço
com o eixo corpo-língua,
me torno um ser-no-mundo,
uma criança humana.

A imagem de uma flor e suas pétalas foram criadas por mim, inspiradas e ancoradas em tudo que li e aprendi com os Cursos na Sorbonne sobre Pedagogia e Psicologia da Criança. Comunicar esse aprendizado, convidar o leitor deste livro "para saber mais" no final do texto, é o motivo para retomar minha tese de doutorado. Adotarei esta maneira de dizer: *pétala da Flor da vida*, para cada existencial, de modo que o leitor construa, em um trabalho em processo, a imagem do todo. Fiz algumas modificações na concepção da *Flor da vida* desde a defesa da tese, procurando fazer com que, por exemplo, a *responsividade* signifique, de maneira ampla, o gesto do cuidado adulto: água regadora da flor. Os nutrientes das *flores* estão enraizados no próprio mundo e no outro, bem como na vitalidade da criança mesma.

O horizonte será o da interpretação fenomenológica das relações adulto-criança, modo de tornar visível quem somos, a partir de uma "psicologia verdadeiramente científica" acerca da experiência de ser criança, tal como define Merleau-Ponty:

> A única atitude científica em psicologia da criança é aquela que visa obter, por uma exploração exata dos fenômenos infantis e dos fenômenos adultos, um resumo fiel das relações entre a criança e o adulto, tais como se estabelecem efetivamente na própria pesquisa psicológica (1990a, p. 246).

Primeira pétala: outridade

A criança é ao mesmo tempo a
expressão do ser a dois de seus pais e
sua negação. É o terceiro personagem
que só poderá transformar essa relação.
É por isso que Hegel diz: "O nascimento
da criança é a morte dos pais". É, ao

> *mesmo tempo, cumprimento de sua união e sua transformação.*
>
> MERLEAU-PONTY

Até o momento em que este livro está sendo escrito, absolutamente todos os bebês humanos estiveram alojados em um útero feminino. Sabemos que existem bebês fecundados *in vitro*, crianças adotivas vivendo em lares de casais homossexuais, crianças que nasceram de "barrigas de aluguel"... Mas todos, até o presente momento, advieram de uma relação biológica entre um homem, elemento masculino, e uma mulher, elemento feminino da fecundação – e de uma relação parental, situada culturalmente. Podemos agora retomar a epígrafe acima, para dar sentido à vinda de uma criança na vida dos adultos que a recebem, sem esquecer que há sempre particularidades e universalidade nas inúmeras respostas à pergunta: *de onde viemos?*

A velha-nova pergunta *"De onde vem os bebês?"*, neste século, tenderá a ser respondida de diferentes formas, certamente a partir de dimensões inusitadas anteriormente. Mas, é fato que todas as crianças nascidas passaram pelo período gestacional: fase de total dependência de um outro, alojamento no corpo de uma mulher.

Depois de cortado o cordão umbilical, findo o trabalho de parto, podem os bebês experienciar outros cordões, cordas, fiozinhos: para o psicanalista Winnicott,[8] símbolos de apego àqueles que nos deram lugar no mundo. Winnicott observou, em sua prática como pediatra e psicanalista, muitas e muitas crianças que apresentavam apego a cordões.

---

[8] O leitor observará que inúmeras vezes recorrerei à interlocução com a obra de D. W. Winnicott (1896-1971), psicanalista inglês que nunca deixou de lado sua prática com mães e crianças em hospital público em Londres. Winnicott escreveu, ao longo de sua vasta obra, inúmeras descrições de situações vividas por crianças que podem ser consideradas *descrições fenomenológicas:* detalhadas, apuradas e sintonizadas com o ponto de vista da criança. Winnicott é, neste sentido, um pioneiro na psicanálise de crianças na direção de estar *perto da criança mesma* nos atendimentos: sob o meu ponto de vista, um modo de trabalhar fenomenológico, que possibilita as aproximações entre sua obra e a prerrogativa merleau-pontiana da infância.

A gênese de um "eu", tema tão caro à Psicologia, é pensada por Merleau-Ponty de um modo interessante. Ele afirma que a criança não seria "egocentrada", mas, antes, *mundocentrada*: em idade muito tenra, as "estruturas egóicas" ainda não se definiram. No decorrer dos seus Cursos na Sorbonne, Merleau-Ponty nos faz pensar sobre como se dá o surgimento da consciência infantil, no sentido filosófico e fenomenológico. Uma criança de colo está entregue, misturada ao corpo do seu cuidador; assim, a noção de ser-no-mundo, visão do humano sem dicotomia entre "eu" e "mundo", parece sob encomenda para se pensar a condição da infância. Está-se no mundo, se é apresentado a ele pelos adultos, mas nunca isoladamente, em "bolhas" ou redomas de vidro... A partir das relações entre-corpos, o outro e o mundo são apreendidos pela criança:

> O meio humano parental é o mediador, na primeira infância, de todas as relações com o mundo e com o ser. O que se chama de inteligência é um nome para designar o tipo de relações com o outro, o modo de intersubjetividade na qual a criança chega (MERLEAU-PONTY, 1990b, p. 69).

Reside justamente nos "modos de intersubjetividade" a chave da compreensão fenomenológica da vida humana. As relações são fundantes no entendimento de si, do outro e do mundo. Especialmente por meio da linguagem corporal e da fala, a capacidade humana para relacionar-se nos desenha um "eu".

O outro sou eu

> *Como o 'eu penso' pode migrar para fora de mim,*
> *se o outro sou eu mesmo?*
> MERLEAU-PONTY

É senso comum entre os pensadores da Fenomenologia afirmar que "o outro sou eu"; nesta chave, não há como conceber pessoa ou coisa do mundo "por si só", descontextualizada ou isolada, fora dos âmbitos da cultura humana. Os humanos encontram-se mergulhados em situações relacionais de tal forma, vivem contextos e narrativas dramáticas a tal ponto que qualquer ato de isolamento ou busca de "objetividade pura", para estudar um fenômeno humano, é impossível. A ciência, para Merleau-Ponty, ao buscar "neutralidade" e "categorizações", apenas *sobrevoa* o conhecimento da vida humana; para pensar fenomenologicamente, Merleau-Ponty evoca a imagem do *mergulho da gaivota*. Eu e outro, eu e mundo, eu e cultura somos unidades relacionais indissociáveis: é esse o horizonte do "mergulho da gaivota".

As crianças estiveram mergulhadas no líquido amniótico; ao sair do ambiente uterino, mergulharam no mundo compartilhado. O útero: imagem da primeira casa, meditou outro filósofo francês, Gaston Bachelard (1989). Pela experiência de nascimento, no trabalho de parto, vive a criança um primeiro rito de passagem. Há quem pense, de forma mística, que a experiência aquática e simbiótica, de dependência total, esteja próxima ao *Nirvana*: termo sânscrito que significa "supremo apaziguamento".

Sabe-se hoje que a experiência uterina é rica de sons e cores, barulhenta e feita de muita comunicação entre o feto, a mãe e o ambiente em geral. Fazer do bebê recém-nascido uma trouxinha com seu xale ou coberta pode ser uma forma de relembrá-lo de um certo apaziguamento na barriga da mãe. O adulto que dobra o cobertor e envolve o bebê revive, ele mesmo, simbolicamente, o *holding* intrauterino.

Holding, se traduzido literalmente, significa "segurar" e tornou-se um termo central na obra de Winnicott que tematiza a criança e a relação adulto-criança. Penso que há grande similaridade entre o que o psicanalista propõe no *holding* e as noções de mundaneidade e de outridade, termos próprios da visão fenomenológica. O *holding* é algo que um contexto propicia, ao mesmo tempo que é o segurar do colo da mãe:

Minha tendência é pensar em termos de "segurar". Isso vale para o "segurar" físico na vida intra-uterina, e gradualmente amplia seu alcance, adquirindo o significado do cuidado adaptativo em relação à infância, incluindo a forma de manuseio. [...] Num ambiente que propicia um "segurar" satisfatório, o bebê é capaz de realizar o desenvolvimento pessoal de acordo com suas tendências herdadas. O resultado é uma continuidade da existência, que se transforma em um senso de existir, um senso de *self*, e finalmente resulta em autonomia (Winnicott, 1996, p. 22; grifo do autor).

Podemos aproximar a dupla mãe-bebê, a díade ou o conjunto em fusão, inicialmente, da visão fenomenológica expressa no enigma "o outro sou eu". É na medida em que a criança cresce e adquire experiência que surge um contorno, um esboço de "eu" que lhe dará o *sentimento de pertença*, a *sensação de existir*. Mas, originariamente, "eu sou a mamãe"! O outro apresenta a criança ao mundo e trabalha junto a ela a cotidianeidade da vida, os fluxos, os modos possíveis de ser e estar. Aquele recém-nascido embrulhado em uma trouxinha de cobertor em poucos dias não suportará mais essa maneira apertada de experienciar a vida fora da barriga da mamãe: sua jornada em direção ao que Merleau-Ponty denomina *corpo próprio* iniciou-se. Busca sem fim. E a fusão entre ele e sua mãe (e vice-versa!) permanece como marca indelével da condição humana, revivida mais tarde nas situações amorosas, no apaixonamento, na experiência da cólera e da desilusão.

Quem sou eu? O Outro dos Outros

> *[...] eu antes tinha querido ser os outros para conhecer o que não era eu. Entendi então que eu já tinha sido os outros e isso era fácil. Minha experiência maior seria ser o outro dos outros: e o outro dos outros era eu.*
>
> Clarice Lispector

O psicanalista Winnicott comparou bebês a filósofos e o fez, em certo sentido, na contramão das propositivas piagetianas para o desenvolvimento humano: para Winnicott, desde tenra idade as crianças são capazes de fazer uso de símbolos, de simbolizar. Enquanto que na teoria de Jean Piaget a criança de tenra idade apresenta um modo de ser que ele define por "inteligência sensório-motora", momento anterior ao desenvolvimento da capacidade simbólica, para Winnicott o bebê já é capaz de simbolizar muito cedo, quando escolhe um brinquedo especial, ou uma fralda, objetos de apego que *simbolizam a mãe*. A esse brinquedo ou fralda de estimação Winnicott chamou de "objeto transicional": objeto carregado de significação que apazigua e faz rememorar as boas experiências de *holding*, cuidado e relação.

No texto da epígrafe, Clarice diz ser fácil "ser o outro"; a facilidade disso talvez esteja em uma existência pautada naquilo que o outro "lê" em nós: tal qual a mãe que agasalha os pés gelados do bebê recém-nascido... O bebê de fato estaria com frio? Difícil mesmo é trilhar o caminho da separação desse tipo de funcionamento, na direção de um outro modo de ser e estar: separação entre "eu" e "outro", longo percurso que dificilmente se completa. Quando poderemos vestir nossas meias, com independência? (Mas, é apenas isso que mostra a completude do "eu"?)

Podemos trabalhar com a metáfora da alfabetização e da escrita para melhor discutir a outridade; se, quando bebês, *somos lidos* pelos adultos, quando de fato passamos a *ser escritores* de nosso percurso? E aquilo que eu escrever, nessa condição mais amadurecida, comunica-se com o que o outro lê em mim? François Dosse, estudioso de Merleau-Ponty, escreveu:

> A análise da percepção segundo Merleau-Ponty permite compreender melhor a questão do outro, logo colocar melhor esta questão da comunicação. Ela situa-se entre a consciência íntima de si e o anonimato da vida corporal, da qual é condição de existência (Dosse *apud* Heleno, 2001, p. 22).

Em sua obra, Merleau-Ponty trabalha com um tripé situado entre consciência introspectiva do corpo próprio, a percepção do corpo visto do exterior e a percepção do outro. A constante transformação dessa tríplice relação acontecerá a partir da *espacialidade*: a criança pode pensar que uma pessoa pode estar em muitos lugares,[9] concomitantemente, onde já viu esta pessoa – como acontece conosco, adultos, em sonhos ou estados hipnóticos. Seria perto de um ano de idade que a criança realizaria uma "redução a uma imagem sem realidade":

> É porque nossa inteligência redistribui os valores espaciais, corrige os dados de nossa experiência, que chegaríamos a reconhecer nossa imagem especular como não real, a superar essa espacialidade aderente às imagens e as substituí-las por um espaço ideal, com redistribuição dos valores espaciais (MERLEAU-PONTY, 1990b, p. 76).

Não é sem falhas que "esse sistema de correspondência entre imagem e corpo" se estabelece; restarão sempre traços do fenômeno primitivo. Para Merleau-Ponty, também o adulto apresenta "dois modos de perceber: um analítico, refletido, e outro, global, direto, que implica a própria presença de um ser animado". A imagem "é de certo modo uma encarnação", "é algo de misterioso, de habitado" (MERLEAU-PONTY, 1990b, p. 76).

Merleau-Ponty conversa com o ponto de vista de Wallon, que "critica vivamente a noção de sinestesia: esse conhecimento do corpo por si mesmo é um fato da psicologia adulta" (MERLEAU-PONTY, 1990b, p. 76). Próximo de Wallon, Merleau-Ponty afirma que a criança vivencia de modo indistinto o que é visual e sua intropercepção[10]: "para Wallon, o corpo introperceptivo, o corpo visual e o outro formam um sistema". É, portanto, impossível que a vida de uma criança se limite a "si própria".

---

[9] Uma espécie de polimorfismo espaçotemporal.

[10] Penso que o uso desse termo se dá como forma de evitar palavras que nos levem a dicotomias, como seria falar de um mundo "interno" ou "psíquico", ou ainda "percepção subjetiva". Na visão fenomenológica, eu estou no mundo tanto quanto o mundo está em mim.

Merleau-Ponty comenta os acessos infantis comumente denominados "crises de birra" – faz uso do temo "cólera". Para pensar essa conduta, o filósofo recorre ao fenômeno de identificação:

> A relação entre a criança e o adulto é uma relação singular de identificação. A criança se vê nos outros (como os outros se vêem nela). A criança vê nos pais o seu destino, ela será como eles. Há nela essa tensão particular entre aquele que não pode viver ainda segundo o modelo e o modelo (1990b, p. 220).

Para Merleau-Ponty a cólera engendra "um princípio demoníaco":

> Deve-se admitir que existe em nós um princípio demoníaco, tendência para a estagnação, força de movimento e contramovimento. Está presente em toda parte. O si é habitado por tal potência de negação. Toda busca de prazer tende à distensão, ao repouso. Em suma, nos nossos próprios instintos existe uma vontade de morrer, de cessar; simplesmente o organismo só quer morrer à sua maneira. Assim, há, no interior de si, aspectos negativos, um instinto de morte, e no eu, aspectos positivos (1990b, p. 95).

Para esclarecer o leitor leigo, a citação anterior conversa com a Psicanálise freudiana. Merleau-Ponty está colocando em seus próprios termos as noções de "Eros" (pulsão de vida) e "Thanatus" (pulsão de morte), energias próprias do humano, segundo Freud. Assim, coloca nossa gênese em três termos, "aspectos de uma só dialética, a da vida pessoal":

- o eu consciente;
- o si;
- os outros.

O eu consciente é, no dizer do autor, "o que eu aceito ser", ou "minhas *técnicas* de vida"; o si é "minha espontaneidade"; os outros são também "seu representante em mim". A criança estaria "a cada minuto orientada em direção a uma vida da qual não tem a técnica e é, pois, inevitável que queira 'ser' aqueles que não pode 'ter'. A identificação ameaça todas as nossas relações com os outros" (MERLEAU-PONTY, 1990b, p. 95).

Como então atingir o conhecimento daqueles três termos? Será preciso pensar no sentido antropológico e contextualizado, sempre – o que impossibilita a validação de teorias construídas por "faixas etárias" e "procedimentos educativos" de modo genérico e generalista. Se a separação entre "natureza" e "cultura" é artificial, o filósofo nos convida a pensar as questões da infância como dados de uma realidade a ser conhecida a partir dos aspectos culturais e dos modos de vida, sempre. *Quem* são os bebês, *quem* são suas mães? Em que tempo e em que espaço vivem e convivem? A partir da *análise observacional e interpretativa das relações* que a fenomenologia da infância se revelará, dada em contextos temporais e espaciais, sempre.

Segunda pétala: corporalidade

> *Não ter nascido bicho parece ser uma de minhas secretas nostalgias. Eles às vezes clamam ao longe de minhas gerações e eu não posso responder senão ficando desassossegada. É o chamado.*
>
> CLARICE LISPECTOR

A noção fenomenológica de "corpo humano" difere do corpo biológico bem como do corpo da física – corpo-massa, corpo-coisa: daí a definição e o amplo uso da palavra "corporalidade", também traduzida como "corporeidade". Não há nada mais precioso para compreender a noção fenomenológica do corpo do que os três aspectos simultâneos da vida humana, tal como apresentados pelos analistas existenciais: o *mundo circundante* (*Unwelt*, chamado usualmente "ambiente" ou mundo biológico), o *mundo das inter-relações* (*Mitwelt*, o mundo dos nossos semelhantes) e o *mundo próprio* (*Eigenwelt*, o mundo das relações pessoais consigo próprio). A corporalidade abarca, necessariamente, as três dimensões, algo que Ludwig Binswanger (*apud* MAY, 1977, p. 86-87) nomeia como o *nível ôntico-antroplógico do existir humano*.

O mundo biológico expressa-se e conversa com a criança por meio do sono, da fome, do calor e do frio, dos movimentos peristálticos, coceira, dor e tantos outros fenômenos. O mundo das relações contagia a criança com aquilo que lhe vem dos outros, dos contextos e situações que lhe oferecem. E o mundo próprio é a face mais misteriosa e assombrosa: de início podemos dizer que a corporalidade é *um rabisco de si*. Mais tarde, acontecerá um contorno, algo dado pelas inúmeras experiências de contenção e expansão, limite-e-espaço, especialmente por meio das vivências do cuidado cotidiano, propiciado pelo *holding* do adulto.

Os dizeres do adulto conversam com a criança, nomeiam estados corporais: "Como você é lindo!", "Está gordinho!", "Ficou febril... arde em febre!", "Não dormiu bem.", "Tenho medo que João fique manco..." e assim por diante. Nossa gênese corporal, nossa corporalidade, está envolta por uma rede de significações tramada pela linguisticidade: desenho das relações das pessoas ao redor com a língua e a cultura.

A corporalidade é uma noção central para compreender e realizar uma fenomenologia das relações da criança consigo mesma, com o outro e com o mundo: implica estar vivo, ter um eu, sentir-se um eu – algo vivenciado e completado muito aos pouquinhos, algo nunca plenamente situado ou satisfeito. A corporalidade muitas vezes se vê *sitiada*, limitada especialmente pela dependência típica da primeira infância.

Merleau-Ponty afirma que há em nós uma "natureza primordial": situada aquém de toda e qualquer cultura, aquém de toda humanidade. Por certo é isso que Lyotard (1997) nomeia "o inumano". E talvez seja esta a "natureza inumana" da qual Clarice fala na epígrafe deste entrecho. Uma dimensão inumana mora no corpo próprio da criança pequena.

O corpo próprio

A "natureza primordial" como pensada por Merleau-Ponty permite enxergar uma unidade entre "sentidos" e "inteligência": esta unidade é "a coisa intersensorial", algo que não se explica intelectualmente nem do ponto de vista empírico "puro". Apenas a unidade do corpo próprio compreende esse evento, em que os sentidos operam em conjunto e nos dão a experiência da realidade, uma *realidade intersensorial*.

O filósofo também postula que "o todo, no corpo, é anterior às suas partes". O corpo, define Merleau-Ponty, é "um entrelaçado de visão e movimento" (1980, p. 88). O corpo é veículo do ser-no-mundo, é veículo de nossa existência. Há em nós um comércio anterior à representacionalidade e às questões do conhecimento; anterior às partes e possuidor de um todo, cujos dados se entre-exprimem. Isso define um "espaço nosso corpo": âmbito diferente da espacialidade de posição.

Por meio da noção de corporalidade e de corpo vivido, o discurso fenomenológico pretende romper a "dicotomia" corpo/alma, matéria/espírito. Haveria, assim, uma espécie de libertação do corpo de sua "velha" cisão com a mente, e essa é a promessa da Fenomenologia para uma nova era das ciências do homem. Um outro tipo de discurso acerca do "eu" também pode implicar uma nova psicologia, como quer o filósofo, professor dos Cursos da Sorbonne. Se, na chave fenomenológica, eu estou no mundo tanto quanto o mundo está em mim, então o corpo pertence, simultaneamente, à ordem do "sujeito" e à ordem do "objeto". Formula Merleau-Ponty: "os corpos pertencem à ordem das coisas assim como o mundo é carne universal" (1984, p. 133-134).

Quando nos olhamos no espelho, estamos vendo e sendo vistos; entro em relação com minha imagem, meu corpo me vê. "Vidente e visível, tangente e tangível, o corpo é móvel movente para si mesmo. O corpo é um enigma" (Chauí, 2002, p. 117).

Podemos dizer que há algo de sagrado na experiência da corporalidade: a vivência de contato significativo com a vida e com a morte; o contato simultâneo comigo, com a cultura e a natureza, no mundo. Digo "sagrado" no sentido de "estado de graça", em sintonia com Clarice Lispector:

> O estado de graça de que falo não é usado para nada. É como se viesse apenas para que se soubesse que realmente se existe. Nesse estado, além de tranqüila felicidade que irradia de pessoas e coisas, há uma lucidez que só chamo leve porque na graça tudo é tão, tão leve. É uma lucidez de quem não adivinha mais: sem esforço, sabe. [...] O corpo se transforma em um dom. E se sente que é um dom. E se sente que é um dom porque se está experimentando, numa fonte direta, a dádiva indubitável de se existir materialmente [...] (2004, p. 84).

A mulher *dá à luz*. O bebê recebe *o sopro de vida*. E eis que os pulmões se enchem de ar: respiram. A passagem do corpo da mãe para o lado de fora, em direção ao mundo, deu início à sacralização da experiência corporal; sacralização profanada pela cotidianeidade da vida: "Lugar sacralizado é profanado pela contingência, que rói toda expectativa existencialmente projetada, corrói a capacidade humana, destrói o escolhido" (LOPES, 1993, p. 77). A sacralização que será ritualizada pelo cuidado do adulto: alimentar, banhar, dar colo, segurar a mão, acolher, conter... Sacralização rompida, abortada pelo descuido do adulto: maltrato, equívoco, perversão, impossibilidade de contato.

Os lugares do corpo

Ao que Freud nomeou as "zonas erógenas" do corpo, décadas depois a psicanalista Françoise Dolto (1984) preferiu chamar de "lugar genital" ou "lugares do corpo". No texto "Personalogia e imagem do corpo", em especial, Dolto realiza uma fenomenologia da psicanálise infantil, propondo a seu leitor outra maneira, uma reatualização das "fases do desenvolvimento libidinal". Para ela, os lugares do corpo são lugares erógenos, zonas de prazer, algo descoberto na experiência inicial na "díade simbiótica visível mãe-filho".

As fases do desenvolvimento da sexualidade infantil são parte importante do cerne da obra freudiana; o desenvolvimento do prazer corporal e da descoberta do corpo passariam por fases, comuns a todos os humanos. São as chamadas "fases da libido": estágio oral, estágio anal, estágio fálico ou exibicionista, acontecendo, a seguir, um período de latência: latência da curiosidade e do conhecimento de forma explícita, no corpo, da sexualidade. A partir da puberdade, o desenvolvimento da libido caminha em direção à sexualidade adulta, ampliada e vivenciada de modo mais ou menos sublimado, nas formas de amor e de trabalho.

É possível procurar por uma fenomenologia da sexualidade humana, e isso vai de encontro com a obra de Merleau-Ponty em seus Cursos na Sorbonne. Sessenta anos atrás Merleau-Ponty pensava, de modo pioneiro, a necessidade de se fundar uma "psicologia cultural"[11]:

> É preciso construir uma psicanálise e uma sociologia que não sejam concebidas em termos de causalidade; é a orientação de uma nova psicanálise antropológica, o culturalismo, que tende para uma síntese dos dados clássicos (1990a, p. 133).

É pela descrição do modo de ser da oralidade, do modo de ser da analidade, do modo de ser da falicidade, e assim por diante, que a Psicanálise, tal como formulada e exercida por Winnicott e Dolto, aproxima-se do método fenomenológico. Narrar as fases da libido como *estados* é uma maneira interessante de atualizar a obra de Freud. O filósofo Gaston Bachelard também ocupou-se da noção de *libido infantil*:

> [...] É na carne, nos órgãos, que nascem as imagens materiais primordiais. Essas primeiras imagens primordiais são

---

[11] Hoje, um grande nome da Psicologia Cultural ou Psicologia Interpretativa é Jerome Bruner, psicólogo norte-americano que traçou um percurso intelectual dos mais interessantes, numa virada da Psicologia Cognitivista rumo aos campos da Antropologia e da Hermenêutica.

dinâmicas, ativas; estão ligadas a vontades simples, espantosamente rudimentares. A psicanálise causou muita revolta quando falou da **libido** infantil. Talvez se compreendesse melhor a ação desta **libido** se lhe devolvêssemos sua forma confusa e geral, se a ligássemos a todas as funções orgânicas. A **libido** surgiria então solidária com todos os desejos, todas as necessidades. Seria considerada uma dinâmica do apetite e encontraria seu apaziguamento em todas as impressões de bem-estar [...] (1998, p. 9; grifos do autor).

Dia após dia, no trato adulto da criança recém-nascida, a comunicação oral e primordial entre bebê e mamãe e entre mãe com seu filho tornam-se mais ricas e coloridas, na comunicação total dos corpos. Ser banhado e trocado, mamar e viver o trânsito intestinal e o processo digestivo em seu começo-meio-e-fim permitem à criança repertoriar modos de ser. Na mamada e no balbucio, o prazer oral; no trato intestinal e no defecar, o prazer anal; no banho e nas trocas de fralda, no contato genital, o prazer localizado nos órgãos genitais e na pélvis como um todo: dinâmicas do apetite.

Merleau-Ponty conversa em seus Cursos na Sorbonne com as bases do conhecimento psicanalítico acerca da infância e propõe a seus alunos uma compreensão com base em *condutas*. Atitudes primárias, orais, de recepção, *versus* atitudes secundárias, anais, de conservação, revelam a maneira de ser do humano: "Essas condutas estão ligadas pela presença discernível de um mesmo sentido, um mesmo significado na vida humana, a existência; são uma maneira de existir" (1990b, p. 106).

Segue o filósofo esclarecendo a perspectiva freudiana: define a "fase de sucção" como a fase de relação criança-mãe que a nutre, como um modo de se relacionar que gera um autoerotismo e que não propõe à criança uma "saída de si". Haverá um momento posterior que será uma fase caracterizada pela mordida:

> O sentido das condutas de mordida torna-se compreensível graças ao estudo dos primitivos: repasto totêmico,

relação com o objeto sagrado pela absorção, pelo consumo. A relação com o objeto é uma relação de destruição: amar é destruir (MERLEAU-PONTY, 1990b, p. 90).

Durante a retirada das fraldas, a criança terá sua espontaneidade interrompida, e será necessário controlar-se, por amor aos pais: "A retenção e a expulsão não parecem à primeira vista reportarem-se às relações parentais. Mas é sob o controle dos pais que a criança aprende a dominar seus esfíncteres". Pensar dessa maneira explica o sentido freudiano dado ao ato de defecar – "o sentido de dom e, mais tarde, o sentido de 'pôr no mundo'. Esse ato torna-se um meio, uma afirmação de poder" (MERLEAU-PONTY, 1990b, p. 90).

Mas, há que deixar claro que, para o filósofo, essa "libido inicial" em "nada se assemelha ao que é denominado ordinariamente 'instinto sexual'". O filósofo questiona por que Freud teria chamado a atividade pré-genital de "sexual", e responde que o psicanalista quis dizer

> [...] que há conduta em relação às diferenças entre os sexos, com o pai e a mãe, enquanto são diferentes, sem que haja conhecimento do como ou do mecanismo genital. Há sexualidade no sentido de uma antecipação de uma discriminação dos sexos, anterior ao funcionamento total do aparelho genital, de uma sexualidade prematura (MERLEAU-PONTY, 1990b, p. 91).

O corpo sexuado: ser menino, ser menina

Se menino ou menina, os pais do recém-nascido em cada gesto (escolha do nome, roupas, amamentação ou mamadeira, modos de cuidar e falar sobre isso...) revelarão a significação de ter gerado um menino ou uma menina. A rede de remetimentos para tal nunca é isenta do contexto familiar, da comunidade em que vivem os adultos, cidade, estado e país... Portanto, não se pode afirmar de antemão como um menino ou uma menina concretizarão suas existências no âmbito da sexualidade. A sexualidade está contida na noção da corporalidade. É próprio da Psicologia Fenomenológica descentralizar o lugar da sexualidade humana, posto como cerne da psicogênese pela Psicanálise freudiana. Para Merleau-Ponty,

> [...] o sexual não existe em si. É um sentido que dou à minha vida e, se a história sexual de um homem fornece a chave de sua vida, é porque na sexualidade se projeta a sua maneira de ser em relação ao mundo, ou seja, em relação ao tempo e aos outros homens (MERLEAU-PONTY *apud* LYOTARD, 1999, p. 70).

A região genital, juntamente com a região pélvica, ânus e uretra, são lugares de especial fonte de prazer: desde muito cedo as crianças se tocam, colocam a mão no pênis, exploram o botão do clitóris, brincam com seu corpo e exercitam a curiosidade e a apropriação da geografia de seus corpos. Inicialmente, diz Merleau-Ponty, "trata-se [pois] de uma sexualidade difusa, anônima" – daí o filósofo definir a sexualidade da criança pequena como "ambígua": "um corpo que ainda não é genital é, contudo, capaz de comportar caracteres sexuais" (1990b, p. 92).

Pela imitação dos adultos e absorção da cultura ao seu redor, a criança dá novas conotações para seus prazeres corporais. Adultos, outras crianças, jovens adolescentes, observados desde sempre: em casa, nas ruas, no ponto de ônibus, na praia ou na piscina... em festas ou discussões, enfim, em todos momentos de intimidade. Novas significações são possíveis a partir da resplandescência das situações de encontro:

> [...] toda relação humana é resplandescente, ela "transborda" do seu círculo imediato. Não há relação a dois: mesmo as relações entre marido e mulher englobam todo um conjunto de dados que influi sobre seus sentimentos recíprocos (MERLEAU-PONTY, 1990a, p. 103).

A comunicação entre os diferentes outros, seja em atitude ou palavra, e a comunicação entre o adulto e a criança acerca da relação da criança com seu corpo é algo revelador da cultura local, por assim dizer. Para Merleau-Ponty,

> A relação com o outro pode determinar uma certa identificação com ele. [...] Esse fato mostra-nos que o lado "relações com o outro" sobrepuja o lado "sexual" individual. Assim, a "corporalidade" supera a "sexualidade", que pode ser considerada um caso maior; a sexualidade é importante enquanto é o espelho de nossas relações com o corpo [...] (1990a, p. 102).

O filósofo então compreende as noções psicanalíticas a partir da noção de conduta, algo implicado em certas atitudes: "no estádio oral, atitude de recepção; no estádio anal, atitude de posse; na fase genital, atitude de dom. Um desenvolvimento bem sucedido supõe uma integração dessas três atitudes". O corpo então há que ser interpretado, sempre, como portador de "uma atitude típica do homem" (MERLEAU-PONTY, 1990a, p. 102).

É na convivência com o meio parental, quiçá com liberdade e riqueza, que a vida imaginativa pode propiciar à criança experiências corporais que integrem as atitudes de *recepção, posse* e *dom*. Tal como nas palavras de Dolto (1984), será com base na autonomia "vegetativa e sinestésica do corpo da criança em relação ao corpo da mãe" que ela caminhará rumo à independência, na direção ao seu êxito de fecundidade.

Para chegar perto da noção de corporalidade, o educador ou pesquisador deve "olhar com os olhos", "cheirar com o nariz", "tocar com as mãos e pés", "saborear com a boca" todas as cores da vida infantil, perscrutando as relações da criança consigo mesma, com o outro e com o mundo: "somente a análise da situação infantil e da situação adulta pode fundamentar a pesquisa fenomenológica" (MERLEAU-PONTY, 1990b). Para *saber* a corporalidade, é preciso *vivê-la*. Para compreender a corporalidade da criança pequena, o adulto precisa ser bom observador, capaz de descrever em palavras o que vê. O dom da imaginação é um ingrediente importante, de modo a poder "dizer o ver"[12] da criança mesma. Procurar pensar com os cinco sentidos, com a memória e a imaginação; partindo da noção de distanciamento fenomenológico ou épochè, a criança será o foco, não o "eu" adulto – ou, ainda, a relação criança-adulto será o mote para praticar o modo fenomenológico de compreensão de contextos e situações vividas.

Fica aqui registrada a descrição de uma situação vivida por mim, a título de enriquecimento, uma *cena de rua,* observação realizada como parte de minha pesquisa de pós-doutoramento.[13]

> Em uma certa tarde de março de 2009, observo uma menina e sua mãe, no ponto final do ônibus. Ela é uma criança tão viva, tão bonita, que vou apelidá-la de Bela da Tarde. Bela da Tarde usa o penteado de maria-chiquinhas que estão tão tortas que dá a impressão que seu cabelo está cortado de fato de forma assimétrica. Ou, como agora é chique de dizer, "um corte desconstruído". Veste uma saia de moletom lilás, camiseta lilás (tipo um conjunto, com alguns enfeitinhos) e seu umbigo, um pouco saltado, está de fora. Usa tênis e meias soquete. Sua mãe está esparramada no banco do ponto coberto; a menina, brinca.
>
> Inventário das ações da brincadeira:
>
> Bela da Tarde trouxe da escola um fiozinho – um brinquedo-sucata.[14] Coloca o fio para dormir, por assim dizer, no banco do ponto de ônibus, junto da cansada mãe. Deixa depois o fio em pé, da mão até o chão, como uma cordinha guia de cachorro. Aproxima em seguida

---

[12] "Dizer o ver" é uma expressão poética aqui emprestada de Ferreira Gullar.

[13] No ano de 2009, ganhei a bolsa FAPESP para desenvolver uma pesquisa de pós-doc. na área de Pedagogia do Teatro (na ECA/USP). A partir de observações de cenas de rua, criei uma dramaturgia sobre a temporalidade das crianças pequenas. Essa pesquisa teve a supervisão da Profa. Dra. Maria Lúcia de Souza Barros Pupo.

[14] O brinquedo-sucata é um objeto para brincar que a criança elege por sua vontade, um resto ou refugo, uma coisa à qual ela dá nova significação; essa noção está discutida em meu primeiro livro, *O brinquedo-sucata e a criança* (referência em "Para saber mais").

o fio do sol, em uma mureta; aproxima o fio da sombra da mureta. Enrola o fio na pilastra do ponto de ônibus. Neste momento faz uma dramática "risada forçada", um ra ra ra ra ra gutural. Coloca em seguida o fio no rosto, passando na bochecha; coloca o fio na testa; coloca o fio na cabeça, tal qual uma tiara. Usa o fio como uma fita de ginástica olímpica, e tenta fazer movimentos no ar; usa o fiozinho no corpo, como se fosse um sabonete.

Pára um pouco, conversa com a mãe sobre um colega que passou pelo ponto e comprou balas. A mãe lhe pergunta algo sobre aquela criança e ela diz: "Ele é dos pequenos".

Usa em seguida seu fio como uma espécie de fita métrica, "medindo" (comparando tamanhos) o fio com um pedaço do ônibus estacionado – nesse momento sente a quentura do motor e sai correndo e rindo. Enrola o fio todo na palma de sua mão (palma fechada); desenrola o fio novamente. Enrola o fio na mão, com os dedos fechados, palma da mão aberta.

Contei depois: foram catorze ações com o fiozinho. Depois disso tudo, ela decide fazer dele um colar tipo gargantilha, e pede para a mãe: "Amarra aqui?"

A mãe, com uma objetividade nunca vista, diz em resposta: "Não".

Terceira pétala: linguisticidade

> *[...] A criança compreende muito além do que sabe dizer, responde muito além do que poderia definir, e, aliás, com o adulto, as coisas não passam de modo muito diferente. Um autêntico diálogo me conduz a pensamentos de que eu não me acreditava, de que eu não era capaz, e às vezes sinto-me seguindo num caminho que eu próprio desenhava e que meu discurso, relançado por outrem, está abrindo para mim. [...]*
>
> Merleau-Ponty

A linguisticidade é o âmbito existencial do dizer, da linguagem da palavra falada e escrita; é o modo que sofistica (e brutaliza, muitas vezes) as trocas, intercâmbio, diálogo: comunicação entre adultos e crianças. Os sons, palavras, canto, grito e sussurro, bem como o silêncio, fazem ver a expressão humana do mundo vivido. A linguisticidade tem âncoras na língua pátria, na língua mãe de cada um de nós e, portanto, é um traço muito especial da cultura humana.

Como se dá a gênese da fala e da comunicação pela palavra foi e é ainda objeto de estudo de muitos profissionais, fonoaudiólogos, linguistas, psicólogos, neurologistas. Aqui, neste livro, a partir dos Cursos na Sorbonne de Merleau-Ponty, o foco da discussão não será, por exemplo, o da clássica querela do que teria vindo antes: *o pensamento ou a linguagem?* Aqui o foco será relacional, entre a criança e o adulto, inseridos em uma cultura compartilhada; o foco será o ponto de vista da criança que aprende a falar.

O primeiro volume da obra *Merleau-Ponty/Resumo de Cursos*, na edição da Editora Papirus, tem como subtítulo *Filosofia e Linguagem*. Ali, nosso autor inicia sua discussão afirmando que a tradição filosófica cartesiana trata da questão da fala e do dizer como algo meramente técnico: "Nessa perspectiva, chega-se a desvalorizar a linguagem, considerando-a roupagem da consciência, revestimento do pensamento". Afirma o filósofo que, nessa perspectiva, "é como se o pensamento não devesse nada à palavra", e esse modo de ver "é cúmplice da ciência positiva: dá plena licença à psicologia para tratar a linguagem como objeto" (Merleau-Ponty, 1990a, p. 18). Diz também que, nesse ponto de vista, "o outro é apenas uma projeção daquilo que sabemos de nós mesmos".

Merleau-Ponty trabalha a linguagem em outra visada. Menciona a literatura, em que as palavras não são, absolutamente, "um revestimento do pensamento". Segue dizendo que "a palavra realiza a idéia e faz-se esquecer: linguagem e pensamento expressos são um". Para nosso autor, seria a própria palavra que "recusa a converter-se em 'objeto'".

A posição de Merleau-Ponty é de recusa tanto da via empirista quanto da via intelectualista; para estudar a linguagem, parte, portanto, do que considera uma terceira via: o método fenomenológico. Nesse caminho,

> [...] é preciso ser subjetivo, posto que a subjetividade está na situação; mas isto não quer dizer arbitrário. [...] Será preciso variar o fenômeno a fim de extrair dessas variações um significado comum. E o critério deste método não será a multiplicidade dos fatos que serve de provas para as hipóteses avançadas; constituirá prova a fidelidade dos fenômenos, a consideração estrita que obteremos a respeito dos materiais empregados e, de certo modo, a "proximidade" da descrição (MERLEAU-PONTY, 1990a, p. 22).

O primeiro espaço visitado por Merleau-Ponty no território da linguagem é o balbucio dos bebês. A atividade do bebê é, inicialmente, de gritos e movimentos expressivos, para depois balbuciar. Diz Merleau-Ponty: "o problema é saber como se passou de uma atividade quase biológica a uma atividade não-biológica mas que supõe um movimento, uma atividade, para integrar-se no diálogo". O balbucio é "uma língua polimorfa" que busca o falar "em geral" (MERLEAU-PONTY, 1990a, p. 23).

As primeiras maneiras de dizer do bebê não são palavras: são atitudes, fenômeno de pré-comunicação. Os primeiros sorrisos já supõem uma relação com o outro – e precedem a linguagem falada. A direção da linguagem vem do meio:

> A presença da linguagem do adulto, porém, excita a criança de modo geral: desde que acorda a criança ouve falar; a maior parte do tempo a linguagem dirige-se diretamente a ela, e essa sensação acústica provoca a excitação primeiro de seus membros e em seguida dos órgãos fonadores (assimiláveis aos membros) (MERLEAU-PONTY, 1990a, p. 25).

Merleau-Ponty considera que não há algo preestabelecido no organismo para que se fale: o que incita a criança à linguagem é rumar a "um objetivo definido pelo exterior", isto é, algo definido pelo outro que fala com ela. As matizes surgem da linguagem dos adultos, mas mesmo um bebê já possui "uma variação de energia e humor" em seu modo de apropriar-se dos sons, suas modulações, variações de acento e duração: "Bem antes de falar a criança apropria-se do ritmo e da acentuação de sua língua" (MERLEAU-PONTY,1990a, p. 25).

Entre quatro e dez meses de idade, as crianças "realizam emissões vocais de uma riqueza extraordinária, emitindo sons que se tornam em seguida incapazes de reproduzir; haverá uma seleção, um certo empobrecimento". Perto dos sete meses, "é como se a *intenção de falar* ficasse cada vez mais forte"; e será perto do oitavo mês de vida que surgirá uma *pseudolinguagem*: uma espécie de frase, imitada em seus aspectos rítmicos. Por volta do primeiro aniversário, aparece "a primeira palavra". Esta primeira palavra, na leitura merleau-pontiana, "traduz principalmente um *estado afetivo*, tem uma pluralidade de sentidos: é a *palavra-frase*" (MERLEAU-PONTY, 1990a, p. 28).

Da mesma maneira que, ao dar seus primeiros passos, a criança não descarta seu modo antigo de locomover-se – arrastar, engatinhar – também a aquisição de vocabulário de palavras não descarta o balbucio: "de um lado, desde o começo da vida, antecipações do que será a linguagem; de outro, a persistência até a idade adulta, daquilo que foi o balbucio" (MERLEAU-PONTY, 1990a, p. 27). Há no adulto aspectos de uma "linguagem interior frequentemente não formulada", que se assemelha ao balbucio.

Merleau-Ponty agrupa as aquisições verbais das crianças entre um ano e meio e três anos de idade em um local entre "imitação imediata" e "imitação diferenciada". Cada vez mais a criança vai dedicar-se a alcançar "a aquisição [...] mais perfeita de sua língua materna" (MERLEAU-PONTY,1990a, p. 28). Muitas crianças passam por longos períodos sem aumentar seu vocabulário, e o modo de "imitação diferenciada" consiste em incorporar modelos que muitas vezes serão utilizados bem mais tarde.

Aos três anos de idade a criança tem um domínio de vocabulário menor do que o que compreende, ou até mesmo seria capaz de empregar; diz Merleau-Ponty que isso se dá com os adultos também. A criança, aos poucos, se apropria não de uma "palavra", mas, antes, de uma "nova significação". Merleau-Ponty define "equipamento linguístico" não como soma de palavras, mas "um sistema de variações que tornam possível uma série aberta de palavras" (MERLEAU-PONTY,1990a, p. 29).

O filósofo diz que podemos adotar, como fez Piaget, um novo patamar quando a criança atingir os cinco anos de idade, quando se mostra a busca do diálogo, culminando em uma vida social, maior e mais serena, por volta dos sete ou oito anos. No entanto, Merleau-Ponty destaca que, em sistemas escolares mais centrados nas atividades sociais e de grupo (segundo ele, como se viu em pesquisas realizadas em Hamburgo), as crianças conversam significativamente entre si bem antes dos cinco anos de idade. Isso nos aponta "um alerta contra toda divisão artificial em 'estádios sucessivos'" (MERLEAU-PONTY,1990a, p. 30). Mais uma vez, aprendemos com o filósofo que nosso foco, como adultos educadores e pesquisadores da infância, deve estar no contexto, na situação vivida pelas crianças e adultos ao seu redor.

Ensina Merleau-Ponty:

> Parece que desde o início todas as possibilidades estão inscritas nas manifestações expressivas da criança; nunca há nada de absolutamente novo, mas antecipações, regressões, permanência de elementos arcaicos em formas novas. Esse desenvolvimento – em que, de um lado, tudo está esboçado previamente e, de outro, tudo procede por uma série de progressos descontínuos – desmente tanto as teorias intelectualistas quanto as empiristas. Os gestaltistas nos fazem compreender o problema explicando como nos períodos decisivos do desenvolvimento a criança apropria-se das *Gestalten* lingüísticas, das estruturas gerais, não por um esforço intelectual nem por imitação imediata [...] (MERLEAU-PONTY, 1990a, p. 30).

Merleau-Ponty, em sua obra mais tardia, separou a linguagem em duas vias: a da *fala falada* e a da *fala falante*. A fala falada, corriqueira e empírica, é o dizer e a escrita da objetividade. Um exemplo dela é uma bula de remédio, por exemplo, ou uma placa de rua. Já a fala falante é originária e inédita: é capaz de causar estranhamento e surpresa. Trata-se de *um dizer criador*. Revelar-se ao outro, compreender e comunicar algo pessoal a alguém encontra-se no âmbito da fala falante. Escreve o professor Guimarães Lopes: "Comunico quando há algo de comum entre mim e o Outro" (1993, p. 86).

O desdobramento, portanto, do uso da palavra como "fala falante", o surgimento de uma "fala autêntica" não seria algo que vem "de dentro" da criança (esforço intelectual) nem lhe é ensinado ou veio "de fora" dela (imitação). A linguisticidade é algo que acontece de maneira inter-relacional, está situada e contextualizada na vida mesma da criança, e de modo intersubjetivo. O estudo fenomenológico da linguisticidade na primeira infância, então, não poderá partir de uma teoria *a priori* sobre fases e estágios da fala; não se trata de um conhecimento generalizado, técnico. É algo a ser cultivado, vivido e observado a partir das relações das crianças e os outros, falantes no mundo.

A fala do adulto "diz" a infância

> *A relação criança-outro e a relação criança e sua cultura estão profundamente ligadas.*
>
> MERLEAU-PONTY

A compreensão fenomenológica da criança e da infância não negligencia nenhum aspecto cultural como a influência das mídias hoje, por exemplo. Criações dos adultos para crianças, tais como livros, programas de televisão, roupas, brinquedos, peças teatrais, é o que podemos denominar "indústria cultural para a infância". Essas criações adultas informam, comunicam, entretêm... e geram, hoje, muito dinheiro.

Como conversar sobre tudo isso com as crianças?

Os próprios produtos culturais para as crianças conversam com elas, de diferentes maneiras. Nos anos 50 do século passado, os norte-americanos criaram uma Enciclopédia para Crianças, intitulada, na tradução para o português, *O Mundo da Criança*. Meus irmãos e eu líamos bastante essa obra, especialmente nas férias; lembro de gostar bastante do volume de poesias. Nesse volume encontra-se o seguinte poema:

De que são feitos?
De que são feitos os meninos?
De que são feitos os meninos?
Rãs, caracóis, rabinhos pequeninos,
Disto são feitos os meninos.

De que são feitas as meninas?
De que são feitas as meninas?
Açúcar, perfumes e outras coisas finas
Disto são feitas as meninas.

E, na página do poema, há uma ilustração: nela vemos um menino e uma menina. No alto da página, o menino, que veste camisa listrada, tem uma bola nas mãos e observa, em uma mesa: dois sapos, dois caracóis e dois filhotes de cachorro, que tomam leite em uma vasilha também em cima da mesa. Abaixo da ilustração do menino, está a menina: bem penteada em seu vestido azul e branco, na sua mesa tem três pratos de doce. Em gesto a menina faz menção de pegar um doce com uma das mãos, enquanto com a outra apoia seu rosto.

É fácil pensar quantas pessoas ficariam indignadas com o poema e com as ilustrações hoje; como exemplo, adotando uma "via curta", podemos pensar nas feministas, pois uma leitura possível é pensar que o poema contém todo o germe da estigmatização do que é ser mulher e da feminilidade. Outros poderiam dizer, ao criar ingredientes para o menino feito de rã e caracol: "que destino!". E um pedagogo *realista estrito senso* também poderia implicar com o prato de leite do cachorro em cima da mesa: "péssima atitude!". Essas considerações, o leitor bem sabe, fazem parte daquilo denominado por "o politicamente correto". A expressão e expectativas com "o politicamente correto" é também datada, hoje já podendo estar carregada de conotações preconceituosas.

Mas, podemos arriscar outro caminho para conversar com os versinhos. Seria o caminho da "via longa", da busca do contexto em que ele foi criado: décadas de 1940 e 1950, Estados Unidos da América.[15] Há um *boom* inicial da infância como "mercado consumidor", daí certamente a criação de uma Enciclopédia e tudo o mais. O poema parece revelar, pensando retroativamente, um adulto criador de cultura que veicula a infância como um momento de ingenuidade... Parece buscar uma "infância de ouro", ou a preservação, a qualquer custo, de um tempo de inocência. Ao mesmo tempo, no momento em que um adulto criava os versinhos, os americanos adultos viviam o drama da guerra da Coreia, o país enfrentava graves conflitos raciais, etc. O adulto engendra a inocência na criança, inocência que ele mesmo perdeu. Cinquenta anos depois, eu mostrava o poema a meu filho: e ele ria! Simples assim: da mesma maneira como riu de doer a barriga com alguns quadros do programa Vila Sésamo, programa norte-americano pioneiro no conceito de "TV educativa" e exportado para inúmeros países do mundo, outra referência de minha infância.

No ano de 1995, os editores do gibi do Super-Homem "o mataram": por todo lado, em toda banca de jornal, via-se anunciado em cartazes o gibi especial "A Morte do Super-Homem". Lembro como isso mexeu comigo! Fiquei desassossegada, e dizia: "Mataram o Super-Homem! Mataram o Super-Homem...", e disse ainda depois: "Mataram a infância!". Quando ouviu isso, meu filho sabiamente respondeu: "Mataram *a sua* infância, mãe", querendo dizer que, "na vez dele", aquilo estava acontecendo, e que eu deixasse ele viver

---
[15] Mesmo período em que Merleau-Ponty ensina Psicologia e Pedagogia da Criança na Sorbonne, diga-se de passagem.

a morte do Super-Homem. Pois foi assim que uma criança de dez anos me ensinou algo sobre minha infância e profissão, como pesquisadora e psicoterapeuta.

Na infância que observei no primeiro semestre de 2009, indo às ruas e locais públicos observar crianças, ação que fez parte do meu pós-doutoramento, a roupa cor de rosa nunca esteve tão em voga! Digamos que mais de 90% dos figurinos das meninas da cidade de São Paulo tinham algo substancial, calça, blusa, cachecol ou mochila na cor rosa ou lilás. Enfim, todas essas observações e memórias querem reunir um único pensamento, tributo à obra de Merleau-Ponty: é preciso estar a par da vida das crianças nos momentos vividos, nos contextos e nas situações (antes mesmo da lente do olhar teórico!). Nossas leituras cotidianas, os jornais, revistas, gibis, textos em sites da internet, bem como a leitura acadêmica farão sempre jus ao tempo historicamente situado – quando escritas, e quando lidas também. Roland Barthes ensina que "Tudo o que lemos e ouvimos recobre-nos como uma toalha, rodeia-nos e envolve-nos como um meio: é a logosfera. Essa logosfera nos é dada por nossa época, nossa classe, nosso ofício: é um dado do nosso sujeito [...]"(2007, p. 312).

Barthes está contextualizando, no entrecho acima, a obra do diretor e dramaturgo Bertolt Brecht e diz, logo em seguida, que precisamos ser sacudidos (como fazia a encenação brechtiniana junto a seu público): "Ora, deslocar o que é dado não pode ser senão a conseqüência de uma sacudida; temos de abalar a massa equilibrada das palavras, rasgar a cobertura, perturbar a ordem da linguagem [...]" (2007, p. 312).

Minha intenção, recorrendo à citação de Barthes, é convidar o leitor a fazer um paralelo, pedindo que não aceite passivamente todo produto cultural para a infância apenas por seu "selo de qualidade". Nesse sentido, o adulto que assim fizesse seria tão ingênuo e inexperiente como uma criança ainda não letrada diante do vasto universo da banca de jornal...

Afastar-se, fazer um tipo de distanciamento (distanciamento que a metodologia fenomenológica chama de "redução fenomenológica") para compreender o fenômeno (especificamente aqui, a linguisticidade da relação criança-criança, criança-adulto, criança-cultura) é o que nos levará para um maior entendimento da força da mídia nos pequenos. O adulto pode e deve selecionar criteriosamente o que as crianças vão ouvir, ler, consumir, comer, beber: no entanto, "as coisas estão no mundo", como disse, cantando, Paulinho da Viola. Estamos todos imbricados na logosfera da atualidade, muitas vezes sem espírito crítico, encantados mesmo com a novidade do momento. Há um excelente livro que nos ajuda a pensar sobre tudo isso, *Cultura infantil / A construção corporativa da infância* (Editora Civilização Brasileira, 2001). Reunidos no livro, estudiosos da infância estão pensando criticamente o que é a indústria cultural para a criança nos Estados Unidos: o que se faz para e com as crianças, dos quadrinhos ao cinema, incluindo lazer e alimentação.

Adultos educadores, para não incorrerem em uma ingenuidade pueril (com a crença de que fabricantes de brinquedos "sabem o que fazem", pois contratam consultores, e os fabricantes de papinha têm como pareceristas os melhores nutricionistas...), precisam estar atentos aos "modos de dizer" dos objetos da cultura – bem como das teorias sobre a criança e a infância. As pesquisas afinadas com as prerrogativas merleau-pontianas serão engendradas em contextos e situações tais como vividos pela criança; e que se procure "a real dimensão" daquilo que está sendo dito e produzido, sem nunca esquecer que a "real dimensão" é colada à "dimensão imaginária": somos humanos, dotados desse dom e dessa sina – criar, inventar, sonhar, mentir, revelar, esconder desejos e significações.

Para realizar estudos na perspectiva merleau-pontiana acerca das mídias e das outras formas culturais, deve-se partir de descrições detalhadas e apuradas dos fenômenos mesmos. Descrever e fazer reflexão sobre o modo como foram produzidos; pensar e descrever, partindo de uma observação cotidiana cuidadosa, como a criança "consome" o produto cultural: *reproduz? Cria? Recria? Como e em que circunstâncias?* E assim por diante.

Não existe uma criança "pura" ou isenta da cultura ao seu redor. O adulto produtor de cultura apresenta esse modo de ser e de estar para a criança; é produtor e "faz consumir", numa teia, em um movimento de leva-e-traz de uma rede intertextual, móvel e dinâmica. Não há como negar o determinante da indústria, sua riqueza e voracidade, o fator econômico que move inclusive a criatividade do adulto: negá-lo seria iludir-se.

Para pensar na chave fenomenológica, não podemos pressupor uma criança consumidora "passiva" ou vítima *a priori* do consumismo; seu modo de ser pode revelar-se ativo, atuante, participativo – se o adulto educador se dispuser a conversar com ela. O estudo da linguisticidade e da discursividade da criança se dará, inevitavelmente, pela observação concreta das comunicações das crianças entre si e do diálogo do adulto com elas. O estudo fenomenológico *perscruta* as relações adulto-criança: vai documentá-las, testemunhá-las, por meio da descrição viva daquilo que se viu.

O importante é ter como foco *a criança como uma pessoa*, em seu contexto social e cultural. Procura-se "quem" discursa, e como o faz, e não a generalidade "do discurso das crianças de 5 anos da cidade de São Paulo". Pedro, Jorge ou Eleonora... Quem são? Como falam, quando falam? O que expressa seu silêncio? E Eleonora, faz distinção entre "um dizer de meninos" (rãs, sapos e lagartixas?) e "um dizer de meninas" (açúcar e goiabada?)? Ritmos, timbres e tonalidades também nos dizem algo sobre o modo de ser de Pedro, Jorge e Eleonora, bem como a comunicação e expressividade total do corpo.

Volto à questão da "indústria cultural" para dar um excelente exemplo de qualidade, um livro escrito por Clarice Lispector: *A mulher que matou os peixes*. Em um determinado momento da trama, Clarice escreve um "metatexto" e conversa com seu leitor:

Vocês ficaram tristes com esta história? Vou fazer um pedido para vocês: todas as vezes que se sentirem solitários, isto é, sozinhos, procurem uma pessoa para conversar. Escolham uma pessoa grande que seja muito boa para crianças e que entenda que às vezes um menino ou uma menina estão sofrendo. Às vezes por pura saudade, como os periquitos australianos [...] (LISPECTOR, 1999, p. 19-20).

Em *O mistério do coelho pensante*, também de autoria de Clarice Lispector (1967), ela deixa lacunas no texto, na narrativa e no mistério do personagem coelho (algo relacionado à sua natureza animal e sua sexualidade) de modo que a criança leitora converse com outras pessoas sobre o que leu. Desse modo, os livros de Clarice para crianças são pequenas obras-primas, que trabalham texto e discursividade em prol da oralidade da criança mesma. O adulto que oferece um repertório nesse timbre para a criança está proporcionando o encontro da criança com aquilo que Merleau-Ponty nomeou *fala falante*.

E, para terminar este pedaço da *Flor da vida*, pétala nomeada "linguisticidade", quero relembrar ao leitor os bebês e as crianças que não falam. Não se julga a criança que "não sabe falar" – há que se observar, inicialmente, os fenômenos de pré-comunicação. Um adulto atento lê o gesto da criança e traduz para ela em palavras.

Um belíssimo exemplo de percepção de um fenômeno de pré-comunicação encontra-se em uma fala de D. W. Winnicott, em um de seus programas proferidos na rádio BBC de Londres, que depois foi transcrita e intitula-se "Por que Choram os Bebês?". Para Winnicott, chorar é um "método próprio" dos bebês para "lidar com suas dificuldades":

> Digamos que existem quatro tipos de choro, porque é mais ou menos verdade, e podemos pendurar tudo o que pretendemos dizer nestes quatro cabides: satisfação, dor, raiva e pesar. [...] O que estou afirmando resume-se nisto: o choro suscita no bebê uma sensação de que

está exercitando os pulmões (satisfação) ou, então, uma canção de tristeza (pesar) (WINNICOTT, 1982, p. 66).

Nesse entrecho de sua palestra para mães, Winnicott aproxima, para utilizar os termos merleau-pontianos, corporalidade, outridade e linguisticidade. O psicanalista também concretiza um procedimento fenomenológico ao *positivar* o ato de chorar: chorar é dar-se conta de "sua capacidade total para fazer ruídos". E convida as mães a meditarem sobre um percurso traçado pelas crianças pequenas, em direção a outras formas de expressão:

> O que quero dizer é que qualquer exercício do corpo é bom, do ponto de vista da criança. A própria respiração, uma nova proeza do recém-nascido, poderá ser muito interessante até que se transforme em hábito, e os gritos e o alarido de todas as formas de choro devem ser definitivamente excitantes. [...] Os bebês choram porque se sentem ansiosos ou inseguros, e o recurso funciona; o choro ajuda bastante, e devemos, portanto, concordar que há nele algo de bom. Mais tarde vem a fala, e, com o tempo, a criança dará os primeiros passos e tocará o primeiro tambor (WINNICOTT, 1982, p. 66).

Uma das conexões possíveis dessa citação com o pensamento merleau-pontiano é que o filósofo propõe a seus alunos que, para compreender a criança, não se parta daquilo que "não se tem". Não se espera como ponto de chegada "falar tudo certo" ou como ponto de partida "deixar de chorar" para tocar o tambor. Adultos que praticarem este olhar, de *positivação dos fenômenos infantis*, afastando-se de teorias prévias, expectativas e julgamentos de valor, estarão mais próximos da criança mesma e da sua expressão: choro, riso, fala, silêncio. E, pela escuta e pelo diálogo, podem proporcionar abertura para a compreensão do momento e captar, assim, a experiência vivida pela criança, de maneira total e com sua força autêntica.

Quarta pétala: temporalidade

> *[...] a criança é incapaz de consentir em não ter sido sempre. [...] Resulta disso que o sujeito se sente coexistindo ao ser.*
>
> MERLEAU-PONTY

> *Convém olhar para (e pela) criança no seu "agora" como síntese de sua experiência e da nossa esperança.*
>
> RAUL GUIMARÃES LOPES

Residirá novamente na noção de "polimorfismo infantil" a chave para a compreensão da temporalidade da criança, no olhar de Merleau-Ponty. O tempo do relógio, o tempo dividido em etapas, o dia em 24 horas, o ano e suas quatro estações não são retratos da temporalidade infantil. O que está em jogo é a compreensão da criança, no seu ponto de vista, das noções de tempo, de espaço, de mundo e de si mesma; a segunda chave para adentrar esse campo é a recusa do caminho representacional. Para Merleau-Ponty, não há uma "organização conceitual" da sua experiência e isso implica, nos termos adultos, uma espécie de aceitação do "estado onírico" de vida: "A criança não vive num mundo com dois pólos do adulto despertado, ela habita uma zona híbrida, que é a zona da ambigüidade do onirismo" (1990a, p. 223).

Nos Cursos na Sorbonne em nenhum momento Merleau-Ponty faz correlações entre a "zona de ambigüidade do onirismo" e o *espaço potencial*, conceito do psicanalista Winnicott que vale a pena visitar aqui. Pode ser que Merleau-Ponty não tenha lido Winnicott, mas demonstra estar afinado com as pesquisas em Psicanálise da Criança: a semelhança dos postulados entre a "zona da ambiguidade do onirismo" e o "espaço potencial" é muito grande. No linguajar winnicottiano, a criança vive entre sua realidade compartilhada e fantasia: entre o que se habituou dizer "mundo interno", psíquico, e "mundo externo", compartilhado. Esse espaço "entre" – nem dentro de si nem tampouco fora – é o *espaço potencial*. E, para Winnicott, é nesse espaço que as crianças brincam, que os artistas criam, que os filósofos pensam, que os religiosos exercem suas crenças.

A semelhança entre a brincadeira da criança e a capacidade artística do adulto aproxima esses dois modos de ser e de perceber o mundo. A estética surrealista[16] propõe essa aproximação; Merleau-Ponty coloca essa possível aproximação em termos de *duas línguas de estruturas diferentes que convivem*. Portanto, o filósofo não trabalha em termos de "mundo infantil" e de "mundo adulto", mas, antes, um mesmo mundo percebido de maneiras diversas.

A estrutura tempo-espacial da criança é bastante diferente da nossa e, para compreendê-la, devemos aceitar seu "contato polimorfo com o mundo", o que significa, segundo Merleau-Ponty, que há, na criança, uma crença em uma "quase pluralidade simultânea de imagens". Isso levaria, na linguagem adulta para definir o ponto de vista infantil, a uma noção de "tempo atemporal" e de "não espacialidade" (1990a, p. 245). A experiência da criança é *pré-objetiva* e *pré-lógica*, e seu pensamento não é "nem tético, nem categorial, mas polimorfo". Segue discutindo a diferença entre o adulto e a criança: a diferença "[...] é a que existe entre o que ainda é confuso, polimorfo e o que é definido pela cultura. Porém esta diferença não é tal que o adulto seja impermeável à criança, ou vice-versa. A criança antecipa a condição do adulto" (1990b, p. 255).

Nessa perspectiva, o modo de percepção próprio da criança pequena pode ser nomeado uma *outra síntese* dos dados percebidos, em que diversos tempos e espaços convivem; não

---

[16] No "Primeiro Manifesto Surrealista", redigido por André Breton, lê-se: "O espírito que mergulha no surrealismo revive com exaltação a melhor parte de sua infância. [...] Das recordações de infância e de algumas outras, vem um sentimento de não abarcado, e pois, de *desencaminhado*, que considero o mais fecundo que existe. Talvez seja a infância que mais de aproxima da "vida verdadeira", a infância além da qual o homem só dispõe, além de seu salvo-conduto, de alguns bilhetes de favor; a infância onde tudo concorria entretanto para a posse eficaz, e sem acasos, desse si mesmo. Graças ao surrealismo, parece que essas chances voltam." (*manuscrito disponibilizado na Internet*)

se trata de ignorar o tempo objetivo, mas sim de vivenciar uma *outra estrutura de tempo*. Para compreender o tempo de modo "objetivo", precisamos não estar inseridos, precisamos conseguir atingir uma espécie de distanciamento; ora, a criança pequena não se distancia, está sempre inserida, implicada – ainda não adquiriu esse pensamento objetivo, nas palavras de Merleau-Ponty, "o de um limite-espaço vazio".

Assim, a criança apresenta-se sempre mergulhada em seu próprio ponto de vista, na medida em que ela *adere às situações*; para ela, os objetos possuem, sempre, "caracteres afetivos" e seu modo de perceber não separa "afeto" de "percepto": "A percepção infantil (e mesmo a do adulto, quando ele pode despojar-se das atitudes convencionais), consiste em encontrar as coisas como estimulantes para nossa afetividade como objetos do conhecimento" (1990a, p. 222).

A grande questão filosófica a ser levantada reside naquilo que as pesquisas, até aquele momento, haviam nomeado "representação de mundo". A aderência da criança às coisas é o aspecto existencial que a impede de "representacionalidades"; ela está no mundo de maneira fenomênica e indivisa. Para Merleau-Ponty, a "representação de mundo" é um modo do pensamento adulto, e fazer uso dessa conceituação teria sido o grande erro das pesquisas clássicas que tematizaram a criança e a Psicologia da Infância, como já discutido no Capítulo I.

Assim, para exercer o olhar fenomenológico para a temporalidade infantil, isto é, para perscrutar a relação criança-tempo, não podemos ignorar seu modo de ser onírico e seu pensamento polimorfo. A literatura conecta-se a essa sintonia; encontramos grandes exemplos de lida com esses aspectos da vida infantil nas fábulas, nos contos de fada e nos poemas, especialmente na estética do *nonsense* (não senso). O coelho apressado na fábula de *Alice no País das Maravilhas,* de Lewis Caroll, nos remete a uma caricatura da pressa dos adultos; não seria próprio do modo de ser da criança ter pressa..., ela costuma ser apressada por alguém ("É tarde até que arde!").

Para deixar fluir a temporalidade da criança, há que *deixá-la ser*[17]: permitir que experiencie o mundo a seu tempo, dando espaço para que seu modo próprio se estabeleça e se expresse, em seu ritmo. "Deixar ser" é uma atitude relacional que parece extremamente simples e despojada, mas que observamos ser muito difícil para o adulto educador e especialmente para aqueles que vivem nas grandes metrópoles. Gosto de falar sobre isso usando o exemplo do cadarço do sapato: quando seria o "momento certo" para aprender a amarrar seu próprio sapato? Ou, ainda, como o adulto consegue atingir a atitude pacienciosa para não intervir, para não amarrar o sapato para a criança, pela criança? Ah, e os práticos sapatos com fecho de velcro, a que vieram?

Transcrevo aqui outro entrecho do diário de bordo da pesquisa de pós-doutorado, "Territórios do brincar"; nomeei este texto "A Árvore da Paciência":

A Árvore da Paciência

Por cerca de dilatadíssimos dez ou quinze minutos, acompanho Iara e Diana em uma aventura de mãe-e-filha. A mãe já demonstrou seu desejo de ir embora; a filha está com o rosto cansado, é visível sua exaustão por tanto chamamento, tantos "estímulos", "perguntas" e "respostas"; por ter aproveitado muito esse "play-ground" sesquiano, ou seja, todas as oportunidades contidas na exposição "Arte para Crianças" (SESC-Pompeia, junho 2009). Mas a filha quer aproveitar mais um pouquinho; a mãe declara seu amor por ela em forma de gesto: paciência. Ela quer colocar três bilhetes na árvore. Ela quer fazer isso sozinha e ela sabe como quer que fiquem, e ela sabe como precisam ficar para não cair... "dar nozinho", ela diz; tem o vocabulário inclusive, mas seu gesto, sua "motricidade fina", não acompanha seu sonho e devaneio (de querer ir longe e alto!). Outra coisa que fica visível: "o que eu olho" e "o que eu faço com minha mão" por

---

[17] Disse Caetano Veloso em uma canção: "O seu amor / ame-o e deixe-o / ser o que ele é / ser o que ele é / ser o que ele é [...]".

vezes não casam, não são coisas compatíveis, suas pequenas mãos com sua meta de colocar seus papeizinhos ali, em tal galho, de tal maneira. Iara espera, tenta ajudar, acompanhando-a; eu e ela criamos pelo olhar uma cumplicidade: eu sei que a mãe quer ir embora, eu sei que a filha tem pretensões quase que inatingíveis em seus dois anos e meio de idade... Brinco e digo: "Quem sabe os pedagogos tem razão, vamos tentar um bom modelo... que tal atirar para cima o papelzinho e ver onde ele cai?". Iara compreende o que eu estaria propondo... seria um **jogo de jogar para cima**, mais próprio para quem tem dois anos e meio... mas percebo agora que era tolo, foi "apenas" a minha forma de lidar com a impossibilidade da Diana conseguir o que pretende, sem que se dissesse a ela: "Você não vai conseguir..." A mãe, mais sábia e mais conhecedora da filha, espera; induz devagarzinho; espera mais; se exaure; ama a filha mas quer voltar para casa... Sabe da temporalidade do cotidiano, do banho, do jantar, do cansaço do final de tarde... Já Diana vive aquele tempo distendido, uma eternidade onde os dedos querem ter habilidade, onde sua crença em atingir sua meta permanece mas está aos poucos se desgastando... Sabemos que se a mãe não esperar pelo apelo dela, pela expressão e comunicação vinda dela de que está difícil e quero que fique ali, naquele galhinho ali... Vai entornar o caldo, "vai dar merda", por assim dizer. Então finalmente ela pede que a mãe coloque para ela.

Sabemos o grau de expectativa e contenção de energia que esses 10 ou 15 minutos mantiveram: nela, com ela, sobre ela, sob ela, dentro e fora e entre as duas...

Depois desse grande desgaste de energia, Diana volta a recarregar suas baterias, entrando e saindo da cortina de bolinhas, seu gesto primeiro ao chegar na exposição "Arte para crianças".

E então, logo depois, Mamãe pega Filhinha no colo e comunica que vão embora: "deu", "acabou" – Mamãe quer e precisa ir embora... E então ela chora. Eu e Iara compartilhamos algo, sabemos que o choro é de partida, é de finalização também, é de cansaço de uma tarde intensa e sem "soneca da tarde"; e também que suas lágrimas atestam que "mamãe está sempre certa", ou seja, os adultos são os condutores das vidas das crianças de dois anos e meio, não tem jeito, não vai dar para subir mais alto e mais acima naquela árvore dos desejos...

Vamos andando até a porta do SESC.

Diana se auto-consola ao enxergar o inusitado, ao passar pela portaria do SESC Pompéia: avistou uma enorme carranca, isso a fez parar de chorar, aponta para lá e a mãe volta alguns passos: contente pois a filhinha não chora mais. Dá um nome para aquilo – diz para a filha: "Aquilo é uma Carranca"; me olha e pede minha cumplicidade, perguntando-me se "é de madeira, né Marina?"

Talvez por ter avistado aquela coisa enorme e totêmica, daquela visão em diante, daquele momento em diante, ir embora se tornou, para Diana, algo interessante e suficientemente acolhedor. Acompanhei as duas até a esquina do estacionamento, feliz com nossa convivência e com tudo que aprendi junto a elas. Proceder dessa forma, como procurei fazer ao descrever a situação em detalhes, em busca do ponto de vista da criança tanto quanto de sua mãe, é o pontapé inicial da pesquisa afinada com as noções fenomenológicas acerca da infância, bem como passo zero para o trabalho do educador.

Alguns poetas e escritores possuem o dom para fazer isso: captar o ponto de vista da criança mesma. Pedro Barbosa é um escritor português contemporâneo, dramaturgo e linguista que, dentre várias obras, escreveu *Prefácio para uma personagem só* (Lisboa: Vega, 1993). Por cerca de 80 páginas, Pedro comenta a sua convivência com uma criança entre seus três e quatro anos de idade; o escritor registrou, em diários de bordo que depois transformou nessa "pequena novela", a fértil e criativa fase linguística da infância quando a criança cria expressões, faz neologismos, dialoga criativamente com seu pai, sua mãe, outras crianças e o mundo ao seu redor. Vale a pena transcrever aqui uma passagem que conversa muito com a noção temporal da criança pequena; enquanto tomava banho, a menina disse a seu pai: "Quando tu eras pequenino, papá, eu também te dava banho... Não era? Pois, porque tu era bebê e 'té' choravas quando eu te lavava a cabeça. Até, não era?".

Esse modo de sentir o tempo e dizê-lo em palavras também acontece com algumas crianças que olham fotografias do casamento dos pais e perguntam: onde estavam na ocasião? Uma das respostas clássicas dadas por crianças é afirmar, categoricamente, que "assistiram tudo pelo umbigo". Isso nos remete à epígrafe inicial deste entrecho do texto – "a criança é incapaz de consentir em não ter sido sempre". Mas é mais interessante ainda, do ponto de vista filosófico, a frase que vem a seguir: "Resulta disso que o sujeito se sente coexistindo ao ser". Françoise Dolto falou sobre isso também, noutra chave, noutra maneira de dizer, quando perguntada em uma entrevista:

> Entrevistador: Poderia explicar melhor, "A criança não sabe que é criança, ela não sabe quem é"? Isso é negativo para o desenvolvimento futuro da criança?
>
> Françoise Dolto: Não, todo mundo é assim. Isso não é negativo, é muito positivo. O sujeito que quis nascer encontra-se em um corpo que se desenvolve fisiologicamente, que é marcado pelo tempo. Quanto ao próprio sujeito, ele não se situa no tempo. A linguagem não se situa no tempo [...] (2002, p. 52-53).

É belíssima essa maneira de pôr as coisas: dizendo assim, Dolto desarma todo e qualquer discurso adulto *realista estrito senso* para educar a criança e nos convida a dialogar com ela com intensidade sobre assuntos existenciais e filosóficos.

Quinta pétala: espacialidade

> *[...] O espaço de um ser humano, desde o nascimento, precisa ser povoado pela presença psíquica de outro ser para o qual ele existe.*
>
> Françoise Dolto

A fenomenologia merleau-pontiana trabalha com a díade corpo-e-espaço, traduzida na expressão "espaço corpo próprio". Inicialmente não há percepção disso: a criança está dissolvida, mergulhada como numa mistura homogênea com o mundo. A partir das experiências de cuidados rotineiros, o uso de roupas, os braços do pai e da mãe... vai se constituindo a noção espacial, que podemos dizer que surge por meio de *contornos*. O espaço fora de si, o espaço do mundo compartilhado, será percebido por meio de grandezas, aproximações e afastamentos das coisas e pessoas. Faz sentido, então, a epígrafe escolhida: é necessário "povoar o espaço" com convívio, gente, coisas, relações, afastamento e silêncio.

Para tematizar a noção de espacialidade, ou seja, a relação criança-espaço, Merleau-Ponty retoma, de novo e sempre, a necessidade do adulto de aceitar o polimorfismo infantil e afastar-se da noção de "representação de mundo". É preciso, então, visitar outra vez a lógica dos sonhos, conhecer mais e melhor essa linguagem onírica, para compreender a percepção tempo-espacial das crianças pequenas. Como já comentado anteriormente, o sonho é carregado daquilo que Freud chamou "restos diurnos"; personagens, outros tempos e espaços convivem, sem problemas; desejos e fantasias se concretizam em imagens e deslocamentos. Todas essas maneiras de ser e estar são parte da vida da criança, acordada, cotidianamente, na maneira merleau-pontiana de olhar para ela. Um dos caminhos que o filósofo aponta, para compreendermos tudo isso, é o grafismo infantil: o desenho é uma manifestação da criança na qual sua espacialidade se mostra.

Merleau-Ponty diz que "o desenho da criança é uma primeira maneira de estruturar as coisas". Ao desenhar, a criança pequena vive uma "relação total e global com o objeto". E nos convida a responder a seguinte questão: "Visto que a criança tem sentidos como nós, a relação da criança com o mundo não seria como a nossa, relação do contemplador com o contemplado? É preciso responder: não" (1990b, p. 269).

A análise fenomenológica do desenho nos dará pistas da maneira de a criança apreender o mundo: "O estudo do papel do desenho leva-nos à função que está em sua base: a percepção". Se o desenho da criança pequena é "falho" (como teorizou Luquet, famoso pesquisador do tema), não seria por falta de atenção, mas, antes, por uma escolha da própria criança. Pois então seria o olhar adulto que veria "falhas" na percepção do desenho feito pela criança, *negativando-o*. *Positivar* o desenho, feito em qualquer idade, é partir de uma observação cuidadosa, um olhar atento, de modo a chegar a estruturas comuns em termos de traços, linhas, pontos e cores.

O uso de planos concomitantes, o não uso de uma "linha de base", a transparência das figuras tais como desenhar um carro com as pernas do motorista aparecendo dentro, uma mala com coisas desenhadas nela não são erros: são formas de expressão. E, para Merleau-Ponty,

> [...] devemos tomar o termo "expressão" em seu sentido pleno, de junção entre aquele que percebe e a coisa percebida; não confundi-lo com a fabricação de uma simples cópia. Aliás, a lei de todo desenho é exprimir as coisas e não assemelhar-se a elas [...] (1990a, p. 220).

Pois, se um adulto desenharia um cubo em perspectiva, já a criança pequena desenha quatro ou cinco quadrados justapostos. Se o adulto insiste e diz a ela:

> "Não é o que você vê", encontra-se uma grande resistência. A criança sustenta que ela realmente vê assim[18] (é, aliás, uma atitude que se encontra também em adultos pouco instruídos). Será preciso falar aqui unicamente de "insuficiências motoras e perceptivas"? Ou se trata verdadeiramente de uma outra maneira de ver? (MERLEAU-PONTY, 1990a, p. 176).

---

[18] Merleau-Ponty argumenta que a criança pequena *vê, de fato, formas simples*, e "sua capacidade de exprimir alguma coisa por seu desenho difere [igualmente] da nossa; alguns traços lhe bastam para reconhecer o objeto" (1990b, p. 264).

Desse modo, para o filósofo, os desenhos retratam de fato o modo como a criança percebe o mundo; se não são imagens "realistas", é porque a criança não intenciona retratar a realidade tal como o adulto espera. O desenho nos diz algo sobre como a criança apreende o mundo: voltamos a uma espécie de lema – *ela não o representa, ela o vive*. Está no rabisco e na garatuja a forma expressiva infantil: sua corporalidade em grafismo. É preciso um adulto atento para proporcionar essa forma de expressão, sem expectativas prévias de reconhecer figuras no papel. Nesse sentido, o modo como o adulto conversa sobre a produção gráfica, suas palavras e sensibilidade, é o que irá *positivar* ou *negativar* a experiência infantil de desenhar. Ao invés de dizer "Antônio ainda não desenha", podemos descrever seus rabiscos e suas garatujas desenvolvendo, em nós mesmos, a capacidade para captar o ato expressivo da criança que desenha rabiscos.

Para nosso autor, a experiência infantil de desenhar está muito próxima da experiência espacial da criança. Se o desenho é "bagunçado" ou caótico, do ponto de vista do adulto, novamente há que se positivar a experiência infantil: apreciar o processo da criança a partir do que ali está, do que os desenhos nos apresentam, e não do que não está lá. Merleau-Ponty comenta que, se a criança utiliza procedimentos pouco convencionais, é porque está sintonizada com um "outro procedimento de representação". A criança pequena não deseja transpor (como o desenho adulto ou da criança maior) para um único plano o que vemos em profundidade. O convite é olhar seu desenho como um "ensaio de expressão". Realizar uma rigorosa e interessante leitura psicológica e científica da vivência da criança, para o filósofo, é aceitar sua maneira não representacional. A percepção do espaço é vivencial, sua experiência no mundo é polimorfa, mutante, flexível, plástica – percepção muito diversa daquela do adulto e da estética realista ou naturalista: "não há relação de imitação entre o desenho e o que ele representa" (1990b, p. 268).

O modernismo na arte prima por homenagear a lógica pré-lógica das crianças; Picasso, um dia, afirmou: "Antes eu desenhava como Rafael, mas precisei de toda uma existência para poder aprender a desenhar como as crianças" (Picasso *apud* De Mèredieu, 1977, p. 1). Também outras artes, além das artes visuais, procuram aproximações com a maneira de ser e estar das crianças pequenas; na produção cultural adulta, desenhos animados, literatura, poesia, teatro, muitas mídias conectam com a possibilidade de coexistência entre vários planos espaciais, dentre outras características do pensamento pré-reflexivo.

Disse Merleau-Ponty sobre a relação da criança pequena com o espaço: "Nós concebemos uma série infinita de grandezas. Para a criança há um absoluto de grandeza; passado esse grau, nada é maior. Existe como que uma espécie de soleira. Ultrapassada a soleira, estamos no 'grande' absoluto" (1990b, p.261).

As percepções tempo-espaciais da criança são emolduradas por contextos e situações; cabe ao adulto compreender sua percepção temporal e espacial, a partir de suas maneiras de ser e estar nelas. Buscar a mais completa descrição dos fenômenos da infância é a maneira de chegar perto da organização perceptiva implícita nas atitudes e dizeres das crianças; a consciência infantil percebe o mundo de modo diverso do adulto, e toda percepção tem um sentido.

Podemos dizer que a criança prescinde de um tipo de organização temporal que implica uma estrutura do tipo começo-meio- fim. Essa característica pode ser vista em detalhe no seu cotidiano, e destaco em especial a atividade de brincar de faz de conta. As narrativas deste tipo de brincadeira são por muitas vezes da convivência de tempos e espaços: "agora eu era"... Narrativas infantis para histórias tradicionais, bem como histórias inventadas por elas, muitas vezes trazem repetições, inversões e ausência de um "final" tal como conhecido e esperado pela cultura adulta. Clarice

Lispector falou desse tipo de temporalidade, diferente da cronológica, em linguagem sofisticada:

> Minha vida começa pelo meio como eu sempre começo pelo meio, aí vai o meio. Depois o princípio aparecerá ou não. [...] No que precede um acontecimento – é lá que eu vivo. Espero viver sempre às vésperas. E não no dia. O presente só existe quando vai ser.
>
> Estive à beira de compreender o tempo, eu senti que sim. Mas logo em seguida ao leve vislumbre, tive uma espécie de medo de penetrar sem nenhuma lógica na matéria que me pareceu de súbito sagrada:
>
> Não esquecer: hoje é agora. Ressoam os tambores anunciando o sem-começo e o sem-fim. Abrem-se as cortinas. Eu sinto que a realidade é tridimensional. Por quê? Não consigo explicar. O que sinto é no sem-tempo e no sem-espaço. O tempo no futuro já passou (2004, p. 93).

No ensino do teatro a crianças de cinco e seis anos, percebo que "lugares sagrados" povoados de *outro tempo* e de *outro espaço* estão lá: na brincadeira das crianças. Muitos e muitos anos atrás testemunhei uma aula com crianças que construíram bonecos de madeira; um belo dia, eles iam se casar. Todos sabiam que eram bonecos e que o jogo proposto era a encenação, por assim dizer, de um casamento de bonecos; mas, durante o ocorrido, a intensidade da verdade e da emoção contida na cena, bem como a seriedade das crianças naquele *rito*, indicavam a sua capacidade para mergulhar em um tipo de condição onírica, dando vida aos bonecos, experienciando uma transfiguração tempo-espacial, bem como nos objetos e em seus corpos.

Também encontrei na leitura da obra de Françoise Dolto sintonia com a grande significatividade para o exercício do teatro, do desenho e de outras artes junto às crianças: "[...] A criatividade, a inventividade, aí está o desejo, não é a satisfação na própria coisa; é a evolução cultural desse desejo na linguagem, na representação, na inventividade, na criação" (2002, p. 50).

Enraizamento do "cabo da flor": mundaneidade

> *Na medida em que a criança não tem familiaridade com o mundo, deve-se introduzí-la aos poucos a ele; na medida em que ela é nova, deve-se cuidar para que essa coisa nova chegue à fruição em relação ao mundo como ele é.*
>
> HANNAH ARENDT

Cada criança, mesmo antes de nascer, encontra-se imersa no caldo da cultura: pelo modo de vida de seus pais, escolhas, determinações; seu nome e sobrenome; projetos e sonhos, passado e futuro. Não há como separar sua inserção no mundo da sua relação com o outro (outridade) e das relações com a cultura: "uma cultura deveria ser vista como uma concepção de mundo que se inscreve até nos utensílios ou nas palavras mais usuais" (MERLEAU-PONTY, 1990b, p. 135). "Mundaneidade" aqui remete àquilo que o filósofo sintetizou na noção de *ser-em-situação*, ou seja, não é sinônimo para o mundo-coisa nem o mundo físico ou geográfico.

Como já vimos, a criança, para Merleau-Ponty, entra na herança cultural por meio de sua inteligência e também "por meios quase dramáticos da imitação do adulto". Sua expressividade, sua capacidade para falar, por exemplo, revelam formas de "coexistência com o meio". Nossa compreensão acerca da infância e dos fenômenos que envolvem a criança será conhecida a partir de "como essa situação concretiza-se no meio. É preciso determinar um **medium**, um meio (o que os culturalistas americanos exploram, por exemplo) meio de utensílios, de instrumentos, de instituições que modelam seus modos de pensar" (1990b, p. 191-92; grifo do autor).

Em sintonia com a epígrafe inicial, o psicanalista Winnicott afirmou que cada bebê é apresentado ao mundo cultural pelos adultos ao seu redor, e é preciso dar a ele "pequenas doses de realidade". A condição de dependência total faz a relação criança-adulto assimétrica, e o adulto deve cultivar um modo de ser que o psicanalista nomeou "suficientemente bom" – nem perfeito, nem desastroso; nem ausente, nem presente demais, pois seria invasivo; a apresentação gradual do mundo à criança pequena assim se fará: dia após dia.

Retomando o ponto de vista de Hannah Arendt: "Face à criança, é como se ele [o adulto] fosse um representante de todos os habitantes adultos, apontando os detalhes e dizendo à criança: Isso é o nosso mundo" (1972, p. 239).

E o que nos diz a criança sobre esse mundo que o adulto lhe apresenta? Como o vê, como o vive? Gianni Rodari, escritor italiano, manteve uma coluna em jornal onde respondia a cartas de crianças. Certa vez uma criança fez a pergunta existencial "Por que nascemos?", ao que Rodari (1996) respondeu – "Responderei com versinhos", e continuou:

> Essa é uma história verdadeira
> uma vez você não era
> e agora é.
> Como? Por quê?
> Você veio a esse mundo
> para ver como ele é lindo,
> assim grande, assim redondo,
> e, ao invés, o que descobriu?
> Que ele é velho, encurvado
> e até mal organizado:
> dá pena até de olhar...
> Arregace
> todas as mangas
> é preciso consertar.

Seria rico e interessante se todos os adultos dissessem às suas crianças que vieram ao mundo para consertá-lo... Pois talvez, dizendo assim, a criança ganharia voz, força, autonomia para "mudar as coisas". E dizer como o mundo está feio, é também um convite à experiência de *estetizar* o mundo, tornando-o mais bonito. Rodari, assim, nos convida, como leitores de sua obra, à esperança e à noção de utopia. O ponto de vista do escritor leva a criança para o mesmo mundo habitado pelo adulto, rompendo, de imediato, com a noção de "mundo infantil".

Hannah Arendt também nos fez ver, em seu texto clássico "A crise na educação" (1972), que o "mundo da criança" é um pressuposto errôneo: não há "um mundo da criança e uma sociedade formada entre crianças, autônomos e que se deve, na medida do possível, permitir que elas governem". Segue afirmando que os adultos serão sempre os responsáveis pelas crianças e que devem responder pela "tradição". Não haveria como recusar-se a ser parte do "velho" diante da novidade e do frescor da infância. As crianças são e significam a novidade no mundo; é preciso que cada adulto encare esse fato com generosidade, zelando pela criança que trouxe ao mundo. Não haveria, portanto, como "emancipar" uma criança, deixando de responsabilizar-se por ela. A infância não seria uma etapa fixa e pré-estabelecida, como que pronta ou fechada em si mesma; Merleau-Ponty e Hannah Arendt convergem: "É pelo exercício da vida, da criação de si para si, que a criança torna-se adulto. Não há meio de desenvolvimento a não ser pela presença dos pais em volta da criança e da cultura que eles veiculam até ela" (Merleau-Ponty, 1990b, p. 43).

O outro como narrador do mundo

A apresentação ao mundo feita pelo adulto à criança se dá em gesto e palavra. O gesto será abertura para portas e janelas da linguisticidade e formas de narrar: a fenomenologia da descoberta do mundo é complementar à fenomenologia da descoberta das palavras – e da possibilidade de diálogo, conversa, comunicação.

Toda vivência de corporalidade, outridade, linguisticidade, temporalidade e espacialidade da criança constituem a própria mundaneidade: a relação criança-mundo. A criança está no mundo tanto quanto o mundo está nela. Por meio de narrativas, conversas e cultura compartilhada, os adultos contam às crianças que existem outras famílias, outras cidades, outros países..., mas o "mundo", tal como pensado na filosofia merleau-pontiana, é bem mais que o mundo físico, do globo terrestre e dos sistemas solares... O mundo é tudo aquilo que envolve a teia de relações intersubjetivas e suas significações, é tudo "fora de mim", em um sentido amplo; mas, paradoxalmente, o "dentro de mim" está no mundo!

Tranquilizar a criança, em gesto e palavra, a respeito de fenômenos que não compreende, é dar a ela acolhida no mundo: seja conversar sobre uma ruidosa tempestade de raios e trovões, seja dar colo e remédios mediante uma forte dor de dente, seja a compaixão pela morte da avó ou de um animal de estimação.

Os bebês costumam chorar diante de estranhamentos e surpresas no mundo, a partir de determinada idade, e esse choro revela maior experiência acumulada; como ensinou Winnicott, o choro é um dizer e "funciona" – funciona, pois mobiliza os adultos para a ação e a conversa. Conhecer o mundo em "pequenas doses" é um direito da criança, e nisso, também, Winnicott e Arendt convergem. É extremamente relevante o papel da família e da escola nesta introdução gradual da criança ao mundo.

Especialmente na fase de dependência total, o "mergulho no mundo" dependerá de um *holding*, de um colo seguro e aconchegante. A relação criança-adulto é o acesso ao mundo, em relação o mundo se torna acessível, interessante, instigante para a criança que cresce: ou não – o mundo pode ser apresentado de tantas e tantas maneiras que a criança poderá temê-lo de maneira ansiosa e hostil. Fica evidenciado aqui o poder do adulto, gesto e palavra, frente às crianças no mundo.

Cabe retomar a noção merleau-pontiana de que *a criança é não representacional*, ela não "representa o mundo", não possui distanciamento para fazê-lo. O modo de ser do adulto é representacional e por muitas vezes literal, apresentando uma leitura de si, do outro e do mundo *realista estrito senso*. Se nosso mundo adulto é representacional e se nossas verdades encontram-se relativizadas em "pontos de vista" e perspectivas, e se a maneira de ser da criança pequena insere-se numa espécie de verdade única (o seu ponto de vista – que, no entanto, é plástico e polimorfo) e afinada com a experiência pré-objetiva, não representacional, ganha sentido a afirmação de Arendt: "os pais enfocam o futuro e as crianças [...] só o presente" (1972, p. 236).

As relações adulto-criança poderão tornar-se mais flexíveis e generosas na medida em que o adulto abandonar a estética realista, brincar mais, apropriar-se da sua capacidade de criar metáforas, paradoxos, *nonsense*. Essa atitude enriquece a experiência do que é o mundo e a cultura compartilhada. Trabalhar nessa chave também abre as portas e janelas para a expressividade artística da criança pequena, propiciando convivência naquilo que Winnicott nomeia o *espaço potencial*: algo que nem está "dentro" da criança nem "fora" dela, situa-se *entre* – entre ela e a mãe, inicialmente; entre ela e o outro; entre ela e o mundo compartilhado.

Merleau-Ponty elabora sua definição acerca da "verdadeira objetividade". Ela

> [...] consiste em não tratar do alto a experiência infantil e convertê-la em um sistema de conceitos impenetráveis para nós mas em perscrutar as relações vivas da criança e do adulto, de maneira a pôr em evidência o que lhe permite comunicar (1990a, p. 246).

A propositiva merleau-pontiana nos mostra sua maneira de pensar longe do cientificismo (imagem do sobrevoo da gaivota), contra qualquer generalização simplista ou determinista, apontando a necessidade do olhar antropológico (imagem do mergulho da gaivota) para a cultura da infância: seja a cultura por ela criada, seja a cultura produzida para ela, seja a reflexão adulta sobre essa cultura mesma. Minha pesquisa nesse sentido é contínua e, terminado o doutoramento, no início do pós-doutorado tive a chance de aprofundar o estudo de autores ligados à Sociologia da Infância, ligados à perspectiva antropológica e que se preocupam com "o ponto de vista da criança mesma". Podemos dizer que Merleau-Ponty estaria muito adiante do seu tempo, no que diz respeito à sua crítica à maneira positivista de fazer ciência sobre a criança e a infância: na década de 1950 já propunha um tipo de saber, "nos antípodas do racionalismo dogmático", para olhar as crianças no mundo.

Para regar a Flor da vida: responsividade do adulto

Raul Guimarães Lopes é autor de *Clínica Psicopedagógica – Perspectiva da antropologia fenomenológica e existencial,* livro excelente editado em 1993 pelo Hospital do Conde de Ferreira (Portugal). O Prof. Guimarães Lopes vive na cidade do Porto, estudou na Alemanha com Gadamer, é psiquiatra e estudioso de Kierkegaard e Heidegger. Em seu livro estão interessantes prerrogativas para compreender a criança; um exemplo de seu modo de ver a infância está contido na frase: "educar é esperar".

A noção de responsabilidade é assim delineada pelo prof. Guimarães Lopes:

> Acercamo-nos do sol e damo-nos conta, quando caímos em falso, que as nossas asas eram de cera. A experiência da **queda**, na tentativa de existir plenamente, autenticamente, transforma o primitivo estado de ignorância. A partir de então não mais deixamos de responder por isso (**responsabilidade**), pelo que se é e pelo que se poderia ser – conforme a liberdade dada e retomada pelo conhecimento que leva em si a consideração do sentido (1993, p. 86; grifos do autor).

A partir da citação, podemos inferir outra maneira de pensar o amadurecimento: crescer é sair do "primitivo estado de ignorância". E, para que isso aconteça, o adulto deverá adotar a atitude "suficientemente boa" tal como concebida pelo psicanalista Winnicott; educar pode sim ser sinônimo de esperar... Mas, um modo de espera que apresenta um adulto *presente e ausente, concomitantemente*. Presente, de modo que a criança se veja assistida, acolhida; ausente, para que ela possa descobrir as coisas do mundo, por ela mesma, em seu ritmo, com a autonomia possível que sua existência permita.

Para responder à pergunta "Existe uma educação 'fenomenológica' a ser dada às crianças?" da graduanda em Psicologia, parte-se de algo aparentemente simples: uma atitude do adulto. Essa atitude ou conduta desejável do adulto frente às crianças permite apresentar-lhe o mundo em pequenas doses e lhe propõe pequenos desafios rumo à independência. Essa atitude reside especialmente em duas qualidades: compreensão e aceitação dos modos de ser da criança pequena (polimorfismo, não representacionalidade, antecipação de condutas, aprendizagem pela imitação, convivência cultural). Aceitação não é sinônimo de "tolerância". É preciso desenvolver, no adulto, capacidade para o acolhimento e diálogo.

Clarice Lispector fala sobre uma certa "fome" de pertencer, desde o berço; o sentimento de pertença pode surgir na criança pequena a partir da convivência, do *holding*, do acolhimento e da hospitalidade. Ensinou o filósofo Lévinas que

> Ato sem atividade, razão como receptividade, experiência sensível e racional do **receber**, gesto do acolhimento, boas-vindas oferecidas ao outro como estrangeiro, a hospitalidade abre-se como intencionalidade mas ela não saberia tornar-se objeto, coisa ou tema. A tematização, ao contrário, já supõe a hospitalidade, o acolhimento, a intencionalidade, o rosto (2004, p. 66; grifos do autor).

Seriam então palavras-chave para o que se espera do adulto, na *pedagogia do laço* (*apelido* que dei a estas condutas): gesto e palavra. Seriam os fios condutores da formação de um adulto educador pacienciosо, em sintonia com o método fenomenológico: trabalhar o gesto da copertença, do *holding*, da hospitalidade ao mundo novo que se apresenta diante da criança pequena – e fazer de sua palavra uma *fala falante*.

Pensando que o leitor deste pequeno livro possa ser professor e interessar-se no que pode encarnar aquilo de mais simples e direto destas condutas – gesto e palavra –, farei dois pequenos comentários finais neste capítulo que introduziu a *Flor da vida*. Imagine trabalhar com a cantiga de domínio popular da Andorinha:

>Andorinha, voou voou
>Caiu no laço, se embaraçou
>Ai me dá um abraço
>Que eu desembaraço
>A minha andorinha
>Que caiu no laço.

Cantar, pensar em pássaros, imaginar que laço foi esse, fazer elos entre o laço do embaraço e laços de fita... e o laço afetivo entre crianças e adultos; abraçar quem está ao seu lado depois de cantar a canção... Enfim, sem a menor necessidade de "escolarizar" o canto e o gesto, por meio de uma quadrinha popular, todo um campo de afeto, abraço e desembaraço pode surgir entre crianças e entre crianças e adultos.

E, para concluir este entrecho, compartilho com o leitor um poema incrível e que trabalha, naquele que escuta, a *fala falante*. Descobri este poeta e escritor brasileiro há pouco tempo; em entrevista ele revelou que sabia que ia ser escritor desde os seis anos de idade.

>**Receita para um dálmata**
>**(ou: Soneto branco com bolinhas brancas)**
>Pegue um papel, ou uma parede, ou algo
>que seja quase branco e bem vazio.
>Amasse-o até que tome forma
>de um animal: focinho, corpo, patas.
>
>Em cada pata ponha muitas unhas
>e em sua boca muitos dentes. (Caso
>queira, pinte o focinho de qualquer
>cor que lhe pareça rosa). Atrás, na bunda,

ponha um fio nervoso: será seu
rabo. Pronto. Ou quase: deixe-o lá
fora e espere chover nanquim. Agora

dê grama ao bicho. Se ele rejeitar,
é dálmata. Se comer (e mugir)
é uma vaca que tens. Tente outra vez.

O nome do escritor é Gregório Duvivier, e o poema encontra-se no livro *A partir de amanhã eu juro que a vida vai ser agora*, no agrupamento de poemas "Sonetos úteis para o dia a dia". Quantas e quantas questões, boas ideias, brincadeiras, motes para outras ações e condutas que um educador da pequena infância poderá levantar a partir desse poema! E quantas afinidades com a noção merleau-pontiana de infância desdobrada aqui, nos existenciais da *Flor da vida*: o uso criativo da palavra falante; imagens cheias de rico polimorfismo e *nonsense*, destaque para o final: *dálmata ou vaca?*

E como seria um teatro de bonecos que partisse desse poema de "dobradura com paredes", sem nenhum personagem realista, sem pressupor representações? Como é falar, em palavra poética, o termo chulo "bunda" em uma roda com crianças? Qual a cor que se *parece com* rosa? Quem quer fazer *chuva de nanquim* no papel molhado, de modo a desenhar com manchas?

E assim por diante...

CAPÍTULO III

IMPLICAÇÕES DO PENSAMENTO MERLEAU-PONTIANO NO ÂMBITO DA EDUCAÇÃO INFANTIL

Antropologia e sociologia da infância

> *Considerar até o bebê e a criança pré-escolar como agentes ativos, determinados a domar uma forma particular de vida, a desenvolver um modo operacional de ser/ estar no mundo, exige que se repense todo o processo educacional. Trata-se menos de dar à criança algo que lhe falta do que facilitar algo que ela já tem: o desejo de dar sentido ao self e aos outros, o impulso de compreender que diabo está acontecendo.*
>
> CLIFFORD GEERTZ

A maneira de pensar a criança tal como esboçada por Merleau-Ponty conecta-se com o que Geertz comunica na epígrafe acima: um tipo de fala que positiva a infância e que se pode associar, hoje – sessenta anos depois dos Cursos na Sorbonne – à Sociologia da Infância e à Antropologia da Criança. Esses campos do saber desenvolveram-se muito desde a década de 1970, encontrando-se como núcleos de pesquisa já solidamente estabelecidos.

Um exemplo muito interessante dessa maneira de estudar e de propor novas perspectivas nas pesquisas em pedagogia, revelando um modo de trabalhar com a infância cujo mote é fazer ver "a criança por ela mesma", está no Centro de Estudos da Criança, coordenado pelo Prof. Manuel Jacinto Sarmento, da Universidade do Minho, em Portugal. Sarmento atualiza a noção de infância tal como proposta por Merleau-Ponty nos Cursos na Sorbonne (sem nunca mencionar ser leitor dos textos do filósofo – menciona, sim, a Antropologia Cultural, pensamento do qual Geertz é um dos mais importantes expoentes) ao *positivar a experiência da criança* tal como ela se apresenta: propõe a busca de seu próprio ponto de vista e da significatividade que ela mesma dá às diferentes faces de sua vida cotidiana, abrindo mão, inclusive, da necessidade de "uma teoria do desenvolvimento infantil" *a priori*. Manuel Sarmento faz parte de um importante grupo de pesquisadores que repensou a Sociologia da Infância; publicou textos, dentre outros escritos, em duas coletâneas organizadas por ele em parceria com pesquisadoras brasileiras.

Sarmento afirma que houve um momento "pré-sociológico" nas abordagens à infância, momento em que a criança foi considerada, sempre, "não adulto", o que significou a negativação do fenômeno da infância, por meio de um olhar adultocêntrico. Agora estamos diante de uma revisão das representações tradicionais da criança; podemos então vê-la como um ser social, que integra um grupo social distinto, e nessa circunstância é que surge a concepção da criança "ator social", "protagonista".

No Brasil, a pedagogia que se autodenominou sociointeracionista, modo de trabalhar com a educação e fazer reflexão sobre ela estabelecido nas mais diferentes instituições e no qual se ancoram muitas das políticas públicas – uma metodologia advinda especialmente das obras de Vygostky e Wallon –, atualizou-se no decorrer desta primeira década do século XXI, a partir das transformações da vida das cidades e das comunidades onde vivem as crianças. Uma mudança perceptível por observação, interlocução e análise do discurso de intelectuais e professores que se definem *sociointeracionistas*, a partir dos anos 1990, vai justamente na direção da leitura antropológica necessária para compreender a criança *situada* em sua cultura, em suas relações consigo mesma, com o outro, com o mundo: compreensão anterior às teorias ou aos academicismos, *perto da vida da criança mesma*.

Também em situações de formação de professores e coordenadores pedagógicos, bem como em documentos curriculares, livros didáticos, programas para concursos, etc., está nítida a importância dada hoje por aqueles que desenham políticas públicas aos contextos e situações de vida, ao âmbito da experiência cotidiana da criança. As mudanças que chamam atenção se mostram nas expressões: *a criança como informante privilegiado* e *o protagonismo da criança*. Também estão na pauta do dia *as culturas da infância*.[19]

Outro dado relevante na direção de um tipo de olhar fenomenológico é o forte incentivo à manutenção, especialmente pelo professor, de diários de registro, cadernos de campo ou diários de bordo: incentivo a uma prática que procura, em ação e pensamento, um educador conhecedor da criança viva, concreta, em oposição à criança das teorias e abstrações generalizantes. Isso mostra que a leitura antropológica do mundo e a cultura da etnografia, enraizadas no hábito da descrição – e do estudo compreensivo das descrições – revela-se uma forte tendência na pedagogia voltada a crianças pequenas, no Brasil e no mundo. Geertz, em seu clássico texto "Uma Descrição Densa: Por Uma Teoria Interpretativa da Cultura" (1989), ensina que o trabalho com descrições densas consiste na prática de anotação dos significados que as "ações particulares tem para os atores", o que

---

[19] Sarmento resume da seguinte maneira a importante contribuição do sociólogo William Corsaro para definir as "culturas da infância": "[...] as crianças, na sua interação com os adultos, recebem continuamente estímulos para a integração social, sob a forma de crenças, valores, conhecimentos, disposições e pautas de conduta, que, ao invés de serem passivamente incorporados em saberes, comportamentos e atitudes, são transformados, gerando juízos, interpretações e condutas infantis que contribuem para configuração e transformação das formas sociais. Desse modo, não são apenas os adultos que intervêm junto das crianças, mas as crianças também intervêm junto dos adultos. As crianças não recebem apenas uma cultura constituída que lhes atribui um lugar e papéis sociais, mas operam transformações nessa cultura, seja sob a forma como a interpretam e integram, seja nos efeitos que nela produzem, a partir das suas próprias práticas (a arte contemporânea, por exemplo, ilustra bem os efeitos das expressões infantis integradas no imaginário coletivo)" (2008, p. 29).

ele chama de *inscrição*; e diagnose é a *especificação* da vida social como tal, "como está a sociedade", e nesse caminho a maneira etnográfica desdobra-se em um *sistema de análise*.

Para imaginar uma utopia

> *A infância é o material das reformas éticas e dos sonhos políticos a realizar. A educação é o instrumento para realizar reformas e sonhos.*
>
> WALTER OMAR KOHAN

> *[...] de algum modo, as sociedades são aquilo que propõem como possibilidades de vida, no presente e para o futuro, às suas crianças.*
>
> MANUEL SARMENTO

Tanto se fala sobre "visões de mundo" e "visões de infância" no debate acerca da educação infantil hoje... Imaginemos então uma escola que se baseasse na metodologia proposta por Merleau-Ponty. Essa "utopia" leva este texto ao seu início, à pergunta feita para a professora Maria Fernanda: "Existe uma educação 'fenomenológica' a ser dada às crianças?".

Então, o que podemos apreender como procedimento ou metodologia é o enfoque, a lida, o "trato" fenomenológico dado aos fatos cotidianos, aos acontecimentos psíquicos e sociais, às relações entre adultos e crianças, entre crianças e entre a criança e o mundo, apresentado por Merleau-Ponty nos Cursos na Sorbonne. Por constituir um pensamento filosófico sem pragmática diretamente aplicável, a obra de Merleau-Ponty é transformadora no ponto de vista do entendimento do pleno acontecer das relações, nas *condutas* entre adulto e criança, bem como da análise do discurso, passível de ser esboçada a partir daquelas relações, observadas, registradas, buriladas ao serem revisitadas e estudadas. Podemos eleger como palavra-chave para que tudo isso se mostre fértil nas práticas educativas, como propôs Geertz, a *diagnose* – no sentido antropológico, não medicalizado; e podemos tomar como lema: trabalhar junto às crianças, sempre, "nos antípodas do racionalismo dogmático"– um enunciado de nosso autor impresso nos Cursos na Sorbonne.

Vamos pensar agora, em hipótese, o que seria próprio de uma pedagogia afinada com Merleau-Ponty, a partir da metodologia esboçada por ele, conversando com as quatro precauções metodológicas, apontadas resumidamente aqui da seguinte maneira: a *recusa à utilização de um conceito de* "mentalidade infantil"; o *polimorfismo*; a introdução à *herança cultural por meio da inteligência e da imitação* (que possibilitam "uma relação singular de identificação") e os *fenômenos de prematuração,* nos quais a vida da criança está, sempre e desde o início, definida relativamente a pessoas e instituições.

Inexistência de uma "mentalidade infantil"

Esse pressuposto nos leva a uma noção específica de infância, noção que por sua vez induz à descrença daquilo que se costumou nomear "o mundo da criança". A noção de infância implícita no pensamento merleau-pontiano aproxima-se de um culturalismo radical, o que equivale dizer que o pensamento infantil se revela tanto nas relações que a criança estabelece com a cultura vivida quanto na sua cotidianeidade: vida infantil imersa, mergulhada nas relações consigo mesmo, com o outro, com o mundo.

Uma pedagogia que se apoie na prerrogativa merleau-pontiana, para ser coerente, não adotaria materiais nem objetos da cultura cujo teor reflexivo e mesmo funcional se apoiassem na noção de que a criança "vive em seu mundinho", ou qualquer coisa do gênero; discursos sobre "o mundo mágico da primeira infância", no dizer dos educadores, da literatura, do material de apoio, precisariam ser revistos, repensados. Como fazê-lo? É por meio da análise do próprio discurso dos adultos, bem como da indústria cultural que nos *vende* essa visão, que se pode trabalhar outro entendimento: escolhendo, então, materiais que se aproximem da visão de que *o mundo é o mesmo, para adultos e crianças*, e o que difere é a maneira como a criança o apreende. Importante lembrar que essas apreensões, a adulta e a infantil, não são lógicas intransponíveis nem impermeáveis umas às outras.

Os modos de conduzir atividades como o desenho, a pintura, a modelagem, a contação de histórias, o teatro, os trabalhos corporal e musical podem estruturar uma espécie de fio terra enraizado no mundo compartilhado. Além desse fio terra, podemos cultivar condutas do adulto, especialmente em momentos delicados e poéticos, onde e quando o pensamento polimorfo e o onirismo da vida infantil surgirem. Na convivência, dia após dia, o educador capaz de *colocar entre parênteses* suas concepções prévias sobre crianças, irá surpreender-se com a riqueza daquilo que a criança é capaz de apreender de sua experiência de vida, mesmo na mais tenra idade. O adulto que *rega a flor da vida* é aquele que não parte de generalismos e normas a partir de faixas etárias que engessam as práticas, mas, antes, busca reconstituir as dinâmicas interpessoais, vividas, inscritas e pensadas a partir das culturas da infância. A análise observacional e interpretativa dessas dinâmicas relacionais pelo adulto educador é a pulsação de uma pedagogia na ótica merleau-pontiana.

Lembramos que para Merleau-Ponty não se concebe crianças encerradas em redomas de vidro ou, ainda, impermeáveis ao modo adulto de ser. O educador precisa desenvolver sua capacidade para a observação e para a conversa com crianças, mesmo antes de eleger seus materiais de apoio – é muito comum que o professor, ingênuo, não reconheça as noções de mundo e de infância nos livros, discos e filmes com facilidade. É preciso estar mais atento e capacitar-se para analisar o discurso, implícito e explícito, dos objetos culturais que lhe chegam – livros, vídeos, revistas em quadrinhos, etc., de modo a eleger experiências enriquecedoras para a criança, cuja veiculação implique, inclusive, um adulto educador crítico e capaz de transformar, ele mesmo, seu modo de se relacionar consigo, com as crianças e com o mundo compartilhado.

Aqui vale a pena visitarmos a ambientação dos locais frequentados por crianças. Há quem pinte as paredes de cores delicadas, há quem coloque nas paredes e nos tapetes ilustrações ditas infantis tais como sorvetes, pirulitos, personagens conhecidos, famosos; há quem faça a festa infantil "temática" e com balões coloridos "como as crianças gostam". Tudo isso revela muito do adulto cuidador, provedor e da indústria da produção de festas e decorações infantis, mas, em tese, nada revela sobre a criança mesma; é que as crianças são tidas como "alegres" e "coloridas"... e "toda criança gosta de brincar", "toda criança gosta de correr", "toda criança gosta dos vídeos da Disney"! Será mesmo? Não seriam todas essas palavras e frases, colocadas entre aspas, noções prévias dos adultos acerca das crianças? E não estaria também implícito nesses dizeres a dificuldade adulta em, por exemplo, admitir tristeza e melancolia como estados possíveis do modo de ser da criança também?

O olhar merleau-pontiano para a infância pediria maior delicadeza para com o público infantil, na escola, no teatro, nos *buffets* e nos espaços públicos, nas praias, piscinas, vestiários, nos meios de transporte, nos hospitais, etc.. Ouvir as crianças sobre o que pensam e perceber como vivenciam seus corpos, seus tempos, seus espaços, é o primeiro passo para não nos apegarmos a uma "mentalidade infantil" dada de modo apriorístico. As infâncias são situadas, ou seja, são vividas pelas crianças num tempo e num espaço, localizáveis. Há que se observar como elas estão, quem são, como exprimem seus corpos, tempos e espaços; como recebem as cores, os sons, as propositivas do adulto que lhe oferece e proporciona aquele espaço, por meio de tais ou quais condutas relacionais.

A criança faz seu percurso, possui seu modo de espacialidade, caminha e desloca um corpo próprio na direção dos outros corpos e da espacialidade do mundo, busca compreender as coisas por suas impressões pessoais... que, como adulto, não sei de antemão. A criança há que ser considerada um ser-no-mundo, mesmo na mais tenra idade, e serão seu polimorfismo e plasticidade, sua "aderência às coisas" revelada em gesto e palavra, que nos ensinarão algo sobre "a dor e a delícia de ser o que é", como cantou Caetano Veloso.

O polimorfismo

Trabalhar com o pressuposto de que a criança é polimorfa significa que ela é capaz de muitas ações ao mesmo tempo, que possui grande capacidade para a transformação e para a revisão (não intelectualista) do que fez anteriormente. Já o modo de ser do adulto é menos flexível e menos mutante, e é próprio do adulto intelectualizar sua experiência.

Podemos imaginar um adulto conectado na chave realista julgaria uma criança pequena porque "mentiu" ou foi "volúvel" (*negativação* da conduta polimorfa), por exemplo quando nomeou e renomeou as formas desenhadas por ela em uma folha de papel; mas, se mudamos de chave para a compreensão fenomenológica do modo de ser da criança, na percepção de que *ela realmente muda de ideia, pois transforma-se o tempo todo*, e experiencia outro *timing*, isto é, possui outro ritmo para pensar, brincar, viver (um *timing* que, no ponto de vista do adulto, pode parecer distração, dispersão, "perda de tempo"), seremos assim capazes de *positivar* seus dizeres e experiências, como *maneiras de ser e estar no mundo*.

Uma pedagogia que aceite plenamente o polimorfismo da criança pequena precisará trabalhar muito a plasticidade do próprio adulto cuidador: ampliar sua flexibilidade e multiplicidade de meios e modos de trabalhar. Brincando com palavras, podemos dizer que o adulto precisará empenhar-se na sua crianicicidade,[20] o que significaria, *trabalhar um*

---

[20] "Crianicicidade" é uma palavra talvez esquisita, aqui proposta para ser fiel aos termos próprios da Fenomenologia, tais como vistos no desenho da Flor da vida (temporalidade, espacialidade, outridade, etc.); é uma palavra de cunho filosófico cujo dom será reunir, em cada educador, três âmbitos: tanto aquele da observação da criança fora de si, lançada no mundo, quanto o âmbito de seus dados biográficos (a criança que fui) e seus estudos sobre a criança e as culturas da infância ao longo do tempo.

modo de ser da criança em si mesmo, no seu modo adulto, para poder ler a multiplicidade de expressões e de "coisas acontecendo ao mesmo tempo".

Exemplifico: se uma criança entre três ou quatro anos muda de ideia a todo momento, em atividades de teatro ou dança, o adulto condutor não deve nunca julgá-la, achando-a fútil, insípida em suas criações ou imatura; o foco da proposta voltada para a criança pequena precisará estar na própria qualidade da mutação, e o professor condutor do jogo pode buscar pesquisar no teatro e na dança a qualidade da "mudança" e das "múltiplas formas", por meio de um grande leque de atividades – brincar de coisas, bichos ou brinquedos encarnados no corpo; ser um animal selvagem, de *pet shop* ou de zoológico; fazer, no corpo, estátuas de brinquedos que estão em uma loja onde a professora vai entrar para fazer compras. Nos três exemplos listados (coisas, bichos e brinquedos encarnados no corpo) não é absolutamente necessário cobrar realismo da ação corporal nem tampouco exigir continuidade de verossimilhança dos personagens criados, ao trabalhar junto a crianças entre zero e seis anos. Pelo contrário, é parte do próprio código da brincadeira *ser mutante*. Isso faz do jogo corporal e do brincar de faz de conta, atividades relacionadas à linguagem do teatro das mais interessantes e desafiadoras, sintonizadas na lógica/pré-lógica infantil, na ótica de nosso autor.

Também se uma criança pequena afirma coisas, fatos ou pensamentos que sabemos não ser verossímeis ou plausíveis, não devemos dizer que ela "mente" ou que está desconectada, fora da realidade: é fundamental compreender, nas maneiras de ser e estar daquela criança, suas capacidades plenas e saudáveis para imaginar, para mesclar fantasia e realidade. A compreensão de seu dom para imaginar e criar é o próprio material, vivo e latente, para o adulto propor novas atividades, nos dias que se seguem, na convivência escolar. Pensar e agir assim é não separar forma e conteúdo dos fazeres artísticos dos pequenos; pensar e agir assim é procurar ser um professor-pesquisador que investiga em si mesmo, no grupo e no mundo compartilhado o modo de ser da criança; pensar e agir assim é encarnar no corpo adulto as noções filosóficas sobre a infância tal como propostas por Merleau-Ponty.

Trabalhar um modo de ser da criança no adulto não é, de jeito nenhum, propor que o adulto se torne criança! Penso que a proposta do adulto "voltar a ser criança", literalmente, aproximar-se-ia da crença no *mundo da criança*... e, portanto, convidaria a pacotes de *viagens turísticas* por ele, viabilizadas em discurso e ação por materiais e produtos culturais. O trabalho ao qual me refiro aqui não é de incursão ao mundo da criança (mesmo porque ele é o nosso mesmo mundo, repito); reside na *sensibilidade do adulto para o outro*, na ampliação de repertórios em nome da plasticidade na condução de momentos preparados para o usufruto infantil. Isso se dá por meio de muito estudo também. Sei que muitos adultos nomearão a positivação do polimorfismo de "bagunça", mas sei também, como professora de teatro para crianças, que a hipótese de flexibilização do planejamento e a leitura do que é que as crianças estão vivendo ali, aqui e agora, feita a tradução no exato momento em que as crianças estão brincando, desenhando, expressando-se, são muito bem-vindas por elas, e é a maneira de ser e de estar a ser desenvolvida no adulto para suportar bem, e absorver harmoniosamente, o polimorfismo das crianças pequenas. As crianças convidam ao novo; é como se estivessem, constantemente, em *estado de prefácio*, como inventou o escritor Pedro Barbosa (1993): repetir e recomeçar são traços desse estado, e a isso Sarmento nomeia *reiteração*, fenômeno no qual

> [...] reinventa-se um tempo habitado à medida dessas rotinas e dessas necessidades da interação, um tempo continuado onde é possível encontrar o nexo entre o passado da brincadeira que se repete e o futuro da descoberta que incorpora o novo (SARMENTO, 2004, p. 17).

Pensando na linguagem gráfica, desenvolver o olhar para o polimorfismo é abandonar a estética realista/naturalista e deixar de interrogar a criança com perguntas recorrentes e impertinentes do tipo: "O que é que você desenhou aqui?". O importante será o adulto criar e propor contextos interessantes e muito diversificados para a criança desenvolver seu grafismo, a seu modo, em seu ritmo. Dizer, narrar o que desenhou em palavras pode surgir, e provavelmente surgirá, como conduta, ao longo do tempo, por iniciativa da própria criança, e não da arguição insistente do adulto que deseja reconhecer formas e contornos como retratos da realidade; o desenho das crianças pequenas, relembro ao leitor, é não representacional.

Pensando na linguagem falada, o polimorfismo já se dá em tenra idade, quando a criança inventa e recria sons e palavras; não corrigi-la insistentemente, com intenção de ensinar o modo certo de falar, é procurar a "atitude merleau-pontiana". Isso não quer dizer que devemos estimular que se fale errado nem tampouco deixar de cultivar normas de gramática, sintaxe, bem como bons modos; isso quer dizer que o mesmo convite ao adulto para criar contextos interessantes no âmbito das artes visuais é feito também para o trabalho com a palavra, algo que se dá no gesto adulto de conversar, contar histórias, brincar de falar outras línguas, entrevistar crianças, coisas e bichos, pesquisar quadrinhas, piadas, limeriques e parlendas; enfim, faz-se necessário que o adulto procure sempre atento ao mundo compartilhado e concomitantemente integrado às maneiras de brincar e fantasiar.

Já pensando no faz de conta, o polimorfismo revela-se nos personagens que se modificam e que são coisas diferentes, múltiplas, convivendo a um só tempo; não julgar nem querer modificar a lógica própria da brincadeira é aceitar bem o polimorfismo infantil. O brincar e o fazer de conta serão especialmente comentados em um momento a seguir.

Entrada na herança cultural por meio da imitação e inteligência

O modo merleau-pontiano para conceituar a inteligência foi emprestado dos gestaltistas, algo já comentado no miolo do livro. Retomando, a inteligência é nossa forma de reorganizar dados, e crescer é ser capaz dessa reorganização, que a criança consegue realizar por "meios quase dramáticos de imitação". O filósofo, em seus Cursos na Sorbonne, também *positiva* a ação de imitar: imitar não é simplesmente reproduzir. Imitar é uma das principais ações para ganhar vocabulário, repertório, aproximar-se do outro e das coisas do mundo... e divertir-se. Imitar é exercitar a inteligência humana.

Cabe aqui um comentário sobre as qualidades da imitação: certamente Merleau-Ponty não fala da imitação proposta planejadamente, de maneira didática, pelo adulto (a isso eu chamo de macaquices ou micagens); Merleau-Ponty está falando sobre as *relações entre crianças* e *relações da criança com os âmbitos existenciais*, tal como são vividas no cotidiano. Nesse sentido, não caberia mais que o adulto criasse uma série de "atividades de imitação", como é de fato o jeito de trabalhar de muitos professores, jeito presenciado em inúmeras práticas educativas, como o ensino de "canções" e "o gesto da canção" (infelizmente, ainda um clássico da educação infantil!).

Trabalhar com a noção de imitação na chave merleaupontiana é observar em detalhes como os bebês e as crianças pequenas imitam; e a partir deste "*como*" fazer intervenções criativas. Exemplo singelo: ao invés de fazer gestos repetitivos para que as crianças imitem ao cantar, posso usar bonecos e fazer, teatralmente, que "os bonecos cantem". E, fazendo assim, crio as vozes, os timbres, as pausas, diálogos entre os bonecos. Se o adulto procurar desenvolver, num fluxo contínuo, sua criatividade no canto e no uso dos bonecos, permitindo também à criança brincar e manipular os bonecos, essa se tornará uma conduta passível de ser imitada e que ficará marcada no imaginário das crianças que conviveram com este educador. Fazer esse coro de bonecos das mais diferentes formas é colocar em ação o jeito de ser *polimorfo*. Intensificar as ações de imitação é ser capaz de corporificar o outro; isso se relaciona com o conhecimento e com o afeto pelo outro, e poder "ser como ele" é rico, amplia referenciais, cultiva a *outridade*, isto é, o conhecimento de quem é o outro, o inter-relacionamento e a capacidade de identificar-se com ele; o desdobramento disso é poder ser solidário e hospitaleiro.

Os fenômenos de pré-maturação

Essa característica infantil parece a mais enigmática, e é aquela que aproxima Merleau-Ponty de uma visão de desenvolvimento muito peculiar. A criança anteciparia uma porção de experiências do adulto. Posto assim, ela jamais poderia ser considerada "uma folha de papel em branco". O que se apreende dessa maneira de ser é que os campos existenciais não são estáticos nem nunca estão prontos; a vida é um *work in process, um trabalho em processo*[21] sem linearidade cronológica, do tipo começo-meio-e-fim, para o tempo vivido. Cada pessoa vai e volta em suas maneiras de ser e estar no mundo, da vida infantil à vida madura; há "traços de maturidade" na vida infantil e muitos "restos de polimorfismo, pensamento pré-lógico e onirismo" na adultícia. De todo modo, para Merleau-Ponty, a forma de apreensão do mundo na primeira infância está marcada pela experiência pré-reflexiva – e essa maneira de perceber permanece no adulto. Os artistas em geral conectam intensamente com ela; trata-se de um momento do conhecimento, ou uma forma de conhecer, anterior ao pensamento formal, que se apresenta nas impressões, sensações, fluxos, apreensões de climas e atmosferas.

Todos que estivemos próximos de crianças pequenas, seja como professores ou pais, tios, padrinhos, etc., temos ao menos uma boa história para contar que ilustra a sabedoria, por

---

[21] "Work in process" ou "trabalho em processo" é um conceito metodológico para a criação em arte, seja na música, literatura, teatro, dança ou artes visuais; essa metodologia implica não ter como meta chegar em um produto acabado, mas sim pensar na imersão em processos, o tempo todo: é também uma maneira de pensar e agir cotidianamente. Como disse Paulinho da Viola em um samba: "a vida, meu caro / não é um problema / portanto não tem solução".

vezes inusitada, de uma criança em situações cotidianas. Um menino de quatro anos e meio sofreu seu primeiro acidente doloroso quando queimou a perna em um escapamento de um fusquinha. Seus pais tinham enfrentado muito trânsito, ele adormeceu no banco de trás; chegando na garagem do prédio, ainda meio ensonado e cambaleante, foi acordado para andar até o elevador... Seu pai lhe disse: "Cuidado!", pois vinha um carro pela rampa. O menino, que vestia um *shorts*, acabou esbarrando seu joelho esquerdo no escapamento do carro (que tinha ficado no congestionamento por horas!). Enquanto era acudido pelo casal parental, que lhe dava colo explicando em palavras o que havia acontecido, ele urrava de dor, chorava e dizia, aos prantos e repetidas vezes: "Eu não queria que isso tivesse acontecido comigo! Eu não queria...". Aos quatro anos e meio de idade, ao invés de ter raiva dos pais, ou ainda do carro (o que seria uma conduta animista), ele parecia comunicar, de modo extremamente maduro, algo sobre fatalidades. Penso que, ao gritar, ele falava seu *mantra de autoconsolo*.

A partir daquelas quatro grandes características do momento da primeira infância tal como formuladas por Merleau-Ponty em seus estudos, e comentadas acima, será que poderíamos redesenhar algum dos âmbitos da Pedagogia e da escolarização da criança pequena? Penso que sim. Escolhi, aqui, comentar dois campos com os quais tenho grande intimidade: o brincar e o teatro; depois, vamos visitar a difícil e importante tarefa de avaliar crianças pequenas, pois o método descritivo abre muitas portas e janelas, do sótão ao porão, de modo a arejar a interlocução entre a primeira infância vivida pelas crianças e a educação conduzida por adultos.

Implicações do pensamento merleau-pontiano para compreender o brincar, o brinquedo e a brincadeira

Proponho pensar a capacidade para brincar da criança pequena a partir das quatro "precauções metodológicas" do pensamento de Merleau-Ponty sobre a criança, partindo do *polimorfismo*. A plasticidade do pensar e do agir da criança pode ser muito estimulada por um professor que consiga administrar uma espécie de caos. Será preciso um grau de desorganização da atividade da brincadeira ("desorganização" do ponto de vista do professor acostumado a "planejar muito bem" suas aulas) de modo que, a partir da multiplicidade de materiais oferecidos, as crianças expressem desejos e escolhas.

O professor acostumado a *gerenciar* a brincadeira, ou seja, acostumado a pensar em momentos "temáticos", seja por assunto ("Vamos brincar 'de profissões'"?), seja por materiais (só brinquedos de madeira; só brinquedos de pano; só brinquedos de plástico... "Vamos brincar de restaurante com estes pratinhos?"), precisará ele mesmo desorganizar-se... para depois organizar-se novamente. Do mesmo modo que o filósofo define a inteligência infantil como "reorganização dos dados", também a inteligência do adulto pode ser lida e exercida assim, e, nessa chave, abrir-se para a compreensão do polimorfismo infantil é atingir uma leitura do caos aparente, absorvendo-o com inteligência: o que, na linguagem merleau-pontiana, equivale a "reorganizar os dados anteriores".

E como se dá essa reorganização?

Está na observação detalhada, rica e colorida do momento em que as crianças brincam a chave para compreender o polimorfismo, a entrada na herança cultural, a não representacionalidade, o gesto imitativo criativo. Não são conceitos, são noções fenomenológicas que partem da vivência mesma, e iremos ao encontro delas na vida infantil, a partir do momento em que estivermos atentos e abertos ao fenômeno tal como ele se apresenta. Trata-se de adquirir uma espécie de habilidade para enxergar aquilo que normalmente nos seria invisível (revisite a descrição da menina Bela da Tarde, na qual a mãe não enxergou tudo aquilo que estava acontecendo entre a filha e seu fiozinho). Nessa sintonia, podem acontecer mudanças sutis e significativas nas relações entre adultos e crianças.

Certa vez ouvi um relato de uma coordenadora pedagógica cujas professoras estavam em dificuldade diante de uma brincadeira no horário de pátio: as crianças brincavam de "cativeiro". Dentro da casinha de boneca (!) prendiam alguém que precisava ser resgatado, salvo pela polícia. As crianças tinham entre quatro e cinco anos. Como mote para reflexão, todos os formadores tematizaram, alguns encontros depois, esse tipo de brincadeira, para conversar com os adultos, nos grupos de trabalho, sobre o *fantasiar*.

Quando Merleau-Ponty nos ensina que a criança antecipa a condição adulta, parece-me que "brincar de cativeiro" – e as possíveis soluções que as crianças formulariam durante o faz de conta – é uma dessas antecipações. Quando os adultos se chocam, muitas vezes é por não perceberem o quanto as crianças estão ligadas em tudo que está acontecendo ao seu redor. Se não estão acontecendo maltratos no refém (*performer* da brincadeira), ou seja, se a capacidade de dramatização, e suposto distanciamento, está ativada, nessa chave as crianças sabem distinguir o que é "de brincadeira" – e se aquele que faz o papel de refém está dedicado, envolvido, *pondo em jogo* uma emoção e um fato da cotidianeidade... Deveríamos intervir?

E, para comentar outra questão polêmica, também vivida em uma formação de coordenadores pedagógicos, vou tomar como exemplo a discussão sobre a espada de brinquedo. Há adultos que consideram a espada um objeto perigoso e violento. Respondo a isso dizendo que pensar assim é ser *realista estrito senso* e, portanto, avarento. Outro caminho de "interpretação" acerca da espada é nomeá-lo "um objeto fálico". Esse é um tipo de dizer próprio da psicanálise, talvez mais especificamente afinado com a perspectiva de Melanie Klein; a essa leitura responderei: no momento da brincadeira de luta com espadas, a espada é como o charuto para Freud, que, fumante, teria dito certa vez algo como: "às vezes um charuto é só um charuto"...

Pois, de fato, as significações para brincar com espadas, na leitura fenomenológica, nunca as teremos de antemão: será a partir de como as crianças brincam e de questões como "quais crianças brincam?", "em que contexto?", "em que tempo e espaço?", e assim por diante, que conseguiremos ampliar o leque de significações para a espada, *do ponto de vista da criança*. E se a diagnose adulta for que esse ponto de vista se apresenta muito pobre ou com um único significado (por exemplo, uma forma de bater no outro), o educador pode, e deve, enriquecer a situação, trazendo referências sobre a espada: por meio da mitologia, do esgrima, do estudo de tipos de luta e artes marciais, etc. Mas, quando a criança brinca de espada..., ela não está "sendo violenta", "representando o falo" nem tampouco "expressando sua masculinidade"! Ela está brincando com a espada, objeto da cultura carregado de múltiplos significados: *polimorfo*.

Para concluir e enriquecer esses comentários sobre o brincar, gostaria de propor ao leitor que desenvolva o hábito, a partir da sua experiência observacional de crianças, de construir Mapas do Brincar.[22] Um bom Mapa do Brincar é um testemunho detalhado das brincadeiras observadas pelo adulto, a partir dos dados trazidos não por teorias, mas pela observação mesma. Trabalhar com descrições é a grande marca do método fenomenológico e é um elemento que nos aproxima da Antropologia Cultural. O Mapa pode entremear campos que são as lentes daquele que observa, a partir dos existenciais corporalidade, mundaneidade, outridade: a relação criança-corpo, a relação criança-mundo, a relação criança-outro, focos fundamentais da compreensão fenomenológica do brincar.

Como proceder? Precisamos nos conectar inicialmente não em nós mesmos, *observadores* – mas, antes, no *observado*, como diria o antropólogo: foco na criança que brinca. Quem brinca (vetores de corporalidade); como brinca (se brinca... e se não brinca?, vetores das culturas da infância); onde brinca (vetores de espacialidade); por quanto tempo brinca (vetores de temporalidade); com que matérias brinca

---

[22] Seria interessante usar folhas de tamanhos grandes, formato A3 ou cartão, pois assim os Mapas ganham uma dimensão de grafismo criativo.

(Brinquedos? Objetos do cotidiano? Materiais não estruturados? Com o invisível? Como descrever o invisível do faz de conta? – todos vetores de mundaneidade: "as coisas estão no mundo"); com quem brinca e como compartilha seu brincar (vetores de outridade). E, se assumimos, em gesto e palavra, as qualidades descritas da brincadeira como vetores da observação, podemos traçar no Mapa do Brincar vetorizações: trocas, elos, respingos, tangentes, paralelas entre tudo que pudemos observar e descrever. Permitindo-se uma imersão na possibilidade de praticar constantemente a construção desses Mapas, o educador se tornará um *semiólogo do brincar*, no sentido de saber ler, ver, compreender, como adulto, os sinais que o brincar da criança emite, envia, transmite, apaga e acende. Essa compreensão lhe permitirá criar novas intervenções, instalações plásticas e vivas, delimitando novos espaços para brincar que contenham elementos enriquecedores das "coisas do mundo". "Limite" e "espaço" são palavras chave para o surgimento de novidade e surpresa nos campos existenciais infantis, a partir de propositivas adultas.

Um Mapa do Brincar pode, então, ser traçado pela observação do percurso individual de apenas uma criança bem como de pequenos grupos; como João brinca com a espada vermelha? Qual a lida, quais seus gestos, movimentos, expressões faciais? Responder por meio de descrições atentas e detalhadas é perscrutar o modo de ser corporal de João. Como João se movimenta pelo tanque de areia? Quais indícios de sua vida imaginativa, do castelo invisível com o qual se comunica e para onde se encaminha? O percurso de João entre seu espaço corpo próprio e o espaço coletivo do tanque de areia, relatado em texto, escrito pelo adulto que ali estava, observando João, pode ser compartilhado por outros adultos educadores, e a conversa nos dirá muito da relação de João com o mundo e com o outro. Lá, no Castelo de Areia, estão Mirtes e Ana: que brincam de príncipe e princesas com João. Como João se aproxima? É amigo ou inimigo? Casamenteiro ou guerreiro? O que pretende adentrando o Castelo? Perceber as aproximações e os afastamentos, seus desejos e necessidades, o ir e vir de um sapo e um príncipe! povoará também o imaginário do educador, de modo a poder propor ambientações e teatralidades, noutros momentos.

O trabalho textual dos relatos de como as crianças brincam, se construído a partir de um olhar lapidado pela palavra falante (não objetivista nem tampouco comportamental ou puramente factual), faz do adulto que observa as crianças um narrador de suas experiências, bem como um narrador da experiência de ser adulto responsável pelas crianças no grupo, daquela escola, instituição ou pracinha. O fluxo de continuidade desse trabalho, isto é, de relatos enriquecedores de seu testemunho por meio dos Mapas do Brincar e sua discussão, é o que melhor pode caracterizar uma prática educativa afinada com os princípios dos Cursos na Sorbonne. Isso posto, o educador entusiasmado poderá aprofundar seus estudos sobre o brincar também na perspectiva da Sociologia da Infância, a partir de "eixos estruturadores" das culturas da infância, tais como pensados por Sarmento (2004): a *interatividade*, a *ludicidade*, a *fantasia do real* e a *reiteração*. No vocabulário merleau-pontiano, a interatividade é a outridade, isto é, a relação criança-outro; a ludicidade e a fantasia do real (maneira de Sarmento falar sobre o faz de conta) são grandes características do brincar e do brinquedo, seja o brinquedo não estruturado, seja o brinquedo industrial, bem como folguedos e jogos; a reiteração é, em grande medida, a característica da temporalidade infantil, de não linearidade temporal, em que começar tudo de novo é sempre rico e interessante do ponto de vista da criança. Veja como Sarmento define a "fantasia do real":

> O "mundo do faz de conta" faz parte da construção pela criança da sua visão do mundo e da atribuição do significado às coisas. No entanto, esta expressão "faz de conta" é algo inapropriada para referenciar o modo específico como as crianças transpõem o real imediato e o reconstroem criativamente pelo imaginário, seja importando situações e personagens fantasistas para o seu quotidiano,

seja interpretando de modo fantasista os eventos e as situações que ocorrem. Na verdade, a dicotomia realidade-fantasia é demasiado frágil para denotar o processo de imbricação entre dois universos de referência, que nas culturas infantis se encontram associados.

[...] A estrela que transporta para o céu uma pessoa querida, a boneca com que se brinca no meio da desolação e do caos provocado pela guerra ou por um cataclismo natural, a narrativa imaginosa com que se explica um insucesso, uma falha ou até uma ofensa, integram este modo narrativo de estruturação não literal das condições de existência. É por isso que fazer de conta é processual, permite continuar o jogo da vida em condições aceitáveis para a criança (SARMENTO, 2004, p. 16).

Implicações do pensamento merleau-pontiano para compreender o ensino e a prática teatral junto a crianças

Acho muito interessante e curioso pensar sobre as correlações entre a noção de não representacionalidade da maneira de ser da criança pequena e a hipótese de iniciá-la na arte teatral. Pois não seria uma das definições mais clássicas para o teatro "a arte da representação"?

Essa pergunta requer muito cuidado para ser respondida. Um dos tipos de teatro é aquele que "representa a realidade". Mas, se pensarmos no teatro tal como pensado e articulado por Antonin Artaud,[23] por exemplo, não há absolutamente "representação": há, antes, *vida*. Artaud é um ator, dramaturgo e diretor que, em sua pesquisa teatral, desconstruiu uma série de pressupostos dessa arte até então. "Desconstruir" uma estética teatral não é destruir algo pré-estabelecido, de modo inconsequente; desconstruir uma linguagem artística é ser capaz de propor outra leitura, outro paradigma. Poucos são capazes disso, e Artaud foi um deles.

---

[23] Ator, encenador e poeta que, de modo visionário, antecipou, em seu pensamento, as questões do teatro e das artes na era pós-industrial.

Soube, estudando dados biográficos de Merleau-Ponty, que, antes de falecer, o filósofo tinha projetos para estudar mais amiúde a obra de Artaud. Tenho a intuição de que a aproximação de Merleau-Ponty ao pensamento de Artaud, dentre outras características, se daria pela sua estética não realista e não representacional.

E o que de fato revelam estas características do teatro artaudiano?

Essas características revelam algo muito especial no corpo do ator: no corpo daquele que não mais "representará", mas vivenciará, *corporificará* seus personagens, dramas e conflitos no corpo. A radicalidade dessas "vivências" são hoje nomeadas *performances* e *happenings* (em tradução literal: acontecimentos).

Para o educador da pequena infância compreender, de fato, quão revolucionário seria pensar o teatro feito com crianças como *performance* ou *happening*, seria necessário escrever um livro à parte. Aquele que tiver interesse nesse campo de trabalho e estudo deve frequentar os *happenings* e *performances* que estão acontecendo por aí, e ler sobre aquilo que se denomina o "teatro pós-dramático".[24] Procurei aprofundar tudo isso no artigo "A criança é performer", a ser publicado na revista *Educação e Realidade* da UFRS (agosto/2010), texto que organizou as conclusões da pesquisa "Territórios do brincar". De forma introdutória, apontarei aqui uma trilha desse caminho compreensivo que aproximará duas estradas: a do teatro e a do faz de conta.

Quando a criança está brincando de faz de conta, ela é *dissimulada? Mentirosa? Ilusionista?* O leitor atento, que acompanhou os capítulos anteriores, responderá: "não". Mas, o que está acontecendo, então, com a criança no momento em que brinca de faz de conta? Há quem diga, como Sarmento, que a expressão "faz de conta" é inadequada para

---

[24] Como leitura introdutória a essa noção indico o texto da profa. Maria Lúcia de Souza Barros Pupo, "O Pós-Dramático e a Pedagogia Teatral", capítulo do livro *O Pós-Dramático* (ver Referências).

essa conduta da criança, uma vez que todo observador mais cuidadoso sabe quão verdadeira é aquela narrativa, cena do cotidiano, drama ou conflito. Existe sim algo no faz de conta que Artaud defendeu em sua estética, a mesma energia/sinergia que os encenadores contemporâneos pretendem, inclusive, resgatar no corpo do ator-*performer*.

O professor leigo não precisaria ocupar-se das minúcias desse debate; mas, deve estar atento para uma nova forma de teatro que surgiu a partir das décadas de 1960 e 1970, em que a linearidade aristotélica, do tempo do começo-meio-e-fim, não se faz mais presente ou necessária. Isso aconteceu também no cinema; quem não assistiu ao menos a um filme que se *recusou a acabar*, ou seja, que deixou "em aberto" o final da história que contava?

E se artistas profissionais estão praticando um tipo de linguagem mais "caótica", desorganizada do ponto de vista realista, com cenas sobrepostas, ou, ainda, apresentando músicas e ruídos concomitantes, interpostos a um silêncio cortante, como e por que um professor de crianças precisaria ater-se a um teatro que *representasse* "Chapeuzinho Vermelho", "Os Três Porquinhos" ou "Os Três Reis Magos" com a proximidade do final do ano? E o que seria trabalhar de "outro modo", na chave do teatro pós-dramático?

Trabalhar com crianças pequenas na chave do teatro pós-dramático é voltar o olhar para a criança mesma e para o dom do faz de conta, para sua capacidade de imaginar e seu polimorfismo. Nesse tipo de trabalho, o professor poderá até mesmo abrir mão do recurso de um baú de roupas, fantasias e objetos cênicos para fazer um *teatro invisível* (a olho nu). O importante é poder propor intercâmbios entre o brincar e o fazer teatral, de modo que a criança pequena compreenda, ela mesma, semelhanças e diferenças entre esses fazeres.

Podemos apontar seis possíveis semelhanças ou aproximações entre fazer de conta e trabalhar junto à linguagem teatral: a busca de um "espaço" imaginativo, cênico e de um "tempo" ficcional ("Agora eu era...", "Era uma vez, muito tempo atrás, muito longe daqui...", "Quando eu era"); o uso do corpo de modo integral e imaginativo; a corporificação de um "quem" (que não sou eu, mas que está em mim); a composição, a partir de combinados, de uma narrativa a ser vivida, vivenciada pelos que combinam; a necessidade plena da capacidade humana para a invenção; e a saída da vida cotidiana tal qual ela se apresenta (uma espécie de suspensão do tempo e do espaço realista estrito senso). Essas seis características presentes tanto no faz de conta quanto no teatro poderão, em nossa abordagem merleau-pontiana, ser olhadas pelo educador pelas lentes das tais precauções metodológicas, a saber: o polimorfismo, a não representacionalidade, a antecipação de condutas, a aprendizagem pela imitação e a convivência cultural.

Assim, não será o professor quem escolherá temas ou histórias prontas para serem encenadas/ apresentadas. Ele pode criar, junto com as crianças, um roteiro a partir daquilo que ele observa no cotidiano das brincadeiras, jogos e conversas. Ao mergulhar nesse caminho, o professor aproxima-se de uma linguagem que, no teatro contemporâneo, chama-se *teatro antropológico*. Também seus procedimentos podem ser parecidos com o que as artes visuais chamam de *ambientação* e de *imersão*: o professor fará da sala ou do local onde acontece sua aula, um "outro lugar" (polimorfismo dos espaços), de modo que o clima e a atmosfera conduzirão a criatividade das crianças também para um "outro tempo": *agora eu era...*

Não sei se o leitor percebe que tudo isso nos leva à "desconstrução" de um teatro em que é preciso ter palco e plateia, em que se ensaia e se decora falas, e a linguagem dessa "desconstrução" (desmanche de algo criado pelo próprio adulto) encontra-se na vida infantil tal como ela se apresenta: há grande *potencial criador e dramatúrgico no brincar de faz de conta*. Partir do ponto de vista da criança que brinca para propor atividades teatrais significa conectar-se às prerrogativas merleau-pontianas; para chegar lá, tal como no que foi dito sobre as brincadeiras, o adulto precisa ampliar sua capacidade para suportar o caos (aparente) e para observar as culturas da infância. Nesse caminho está um tipo de libertação da criança pequena de certos padrões pré-estabelecidos do que é ensinar arte para ela, e não serão mais obrigatórias as famigeradas "apresentações de final de ano": essas apresentações podem tomar outro rumo, ganhar nova cara e nova significação, do trabalho em processo – em contraposição a produtos e resultados finais. Sei que tudo isso pressupõe também um trabalho junto à comunidade de pais: mãos à obra!

Se a sala de aula inteira tornar-se uma espécie de palco com diversos espaços cênicos concomitantes – mesmo que as crianças a princípio não se ouçam nem assistam ao que as outras estão criando –, deixar que isso aconteça é um incrível avanço na direção da concepção do polimorfismo infantil e de um teatro mais liberto e nãodirigido exclusivamente pelo adulto. Durante esse momento, que a princípio lhe parecerá caótico, convido o professor a tentar registrar tudo o que viu (e o que não viu, ou seja, aquilo que não conseguiu alcançar nem conseguiu compreender, em sua perspectiva adulta) em um caderno de campo ou diário de bordo. Mapas do Brincar podem se desdobrar em Mapas das Teatralidades.

A maneira de descrever as cenas, o modo de escolher as palavras para nomear a ação criada e proposta pela criança que brinca de faz de conta é o passo zero para uma aula de teatro arejada e criativa, afinada com o método fenomenológico. Mesmo que o professor só consiga elaborar sua "aula de teatro", estudando seu diário de bordo, um ou dois meses depois! Pois é preciso muita paciência e auto-observação para desmanchar em si mesmo um paradigma antigo, o do teatro com começo-meio-e-fim, por exemplo, ou das apresentações que "servem para" – mostrar aos pais, comemorar o Natal, ensinar lições sobre as cáries nos dentes... E, concomitantemente, um trabalho que poderemos chamar de "formação de público" precisa ser feito com a própria comunidade, os pais, os coordenadores, a direção, etc., de modo a desmanchar as expectativas com "apresentações tradicionais". Na primeira infância, o grande argumento a favor do ensino de outra estética teatral está na libertação da criança pequena dos ensaios e das obrigatoriedades disciplinares de corpo, gesto, fala, figurinos escolhidos e criados por adultos.

Retomo a enorme importância a ser dada para que o professor vá como espectador em *performances, happenings* e espetáculos de dança-teatro: isso fará com que se situe, que ganhe repertório, que amplie ou transforme seu leque de definições de "o que é teatro". Um adulto que enriquece seu referencial é um adulto mais capaz de ler a criatividade das crianças, bem como suas dificuldades e limitações. Um adulto que compreenda o teatro e a dança como *performance* ou ato performativo saberá defender um tipo de apresentação que se dá em processo, que não exige realismo nem das crianças nem dos participantes da plateia, em que o interessante é a expressão teatral, plástica e viva da criança – que constrói e presentifica seu ato performativo, à sua maneira, e mostra ao mundo.

Tudo isso pode ser traduzido em um princípio merleau-pontiano: somos *seres-em-situação,* estamos mergulhados na cotidianeidade do mundo e da cultura que compartilhamos. O modo de educar uma criança, nessa chave, se enriquece e se amplia a partir do olhar adulto para toda a riqueza das artes, da literatura, das descobertas científicas, dos fenômenos da natureza. A Pedagogia que se aproxima das noções sobre infância e sobre a criança, tal como vislumbrou Merleau-Ponty, é aquela que enriquece o cotidiano infantil – e o cotidiano da convivência adulto-criança – a partir do próprio dia a dia. Isso significa que as fontes da ampliação desse saber estão na própria criança que temos diante de nós e no mundo compartilhado; nas redes de saberes e nos objetos da cultura; na história pessoal de cada um contextualizada em uma cultura escolar com normas e procedimentos pré-estabelecidos, mas sobre os quais temos o poder de fazer reflexão e de propor mudanças. A chama inicial disso tudo é o âmbito relacional adulto-criança.

E que as mudanças possam se dar a partir daquilo que as crianças nos mostraram, concomitantemente com o "ao redor": outras crianças, adultos, outras escolas, famílias, outras maneiras de ser e estar no mundo. Seria essa uma utopia passível de ser desenhada em uma perspectiva merleau-pontiana.

Implicações do pensamento merleau-pontiano para pensar como avaliar a criança pequena

Explicito novamente que a mais especial contribuição do método fenomenológico e também da prerrogativa de infância tal como pensada por Merleau-Ponty reside no valor das descrições, feitas pelo adulto: narrativas do seu olhar relacional acerca das crianças, grupos, situações. A descrição que perscruta todos os âmbitos existenciais e relacionais – criança-outro, criança-corpo, criança-língua, criança-tempo, criança-espaço, criança-mundo – procura um retrato, o mais completo possível, de como a criança se apresenta naquele momento de vida.

É próprio da descrição fenomenológica não fazer juízos de valor, ou seja, este tipo de texto não faz uso de dizeres do tipo se a criança está "melhor" ou "pior", evitará o uso do "conceito A" ou o "conceito E" nem tampouco fará comparações entre "Maria" e "João". Também não se estabelece "uma meta" na qual se quer que a criança chegue, obrigatoriamente, como marco de desenvolvimento genérico ou generalizante; será preciso muita paciência, conjugada com a crença de que o trabalho adulto de riqueza de ambientes e contextos é que desafia a criança a crescer e reorganizar-se. Um crescimento lento, uma reorganização embotada deve ser avaliada pelos adultos responsáveis pela criança, incluindo sua família: mas nunca encarrar o tão temido "fracasso escolar".

Trabalhar com avaliações descritivas é uma prática já recorrente no âmbito da educação infantil; a contribuição que o estudo aprofundado dos Cursos na Sorbonne pode dar ao educador é *situar parâmetros* para descrever *contextos, situações e corporalidades*. Falar sobre a lentidão de uma criança, falar sobre seu desinteresse eventual por desenhar, falar sobre as formas de ansiedade que surgem na hora de dizer "tchau" para o adulto que lhe trouxe, de maneira descritiva densa, abre campos de reflexão sobre *quem é ela, como vive o mundo, como expressa sua relação consigo, com o outro, com a cultura compartilhada*.

Volto a propor ao leitor cartografias: a avaliação descritiva pode ser desenhada pelo educador em um grande mapa de condutas, atitudes, contextos vividos, com entrecruzamentos e entrelaçamentos dos existenciais (outridade/ relação criança-outro, corporalidade/ relação criança-corpo, mundaneidade/ relação criança-mundo, etc). O modo de apresentar esse "Mapa" à comunidade de pais pode ser também modo de conversar sobre todas as maneiras de ser e estar das crianças pequenas, algo que revelaria uma conduta para repensa os antigos boletins de notas ou conceitos.

As descrições detalhadas das crianças mesmas, das situações, dos relacionamentos estabelecidos por ela criam nexos, elos, contextos de remetimentos e levam o adulto a olhar para as ações das crianças a partir das lentes dos existenciais.

A partir da cultura dos registros dos fazeres das crianças, no construto de Mapas do Brincar, Mapas da Espacialidade, Mapas da Temporalidade, e assim por diante, o educador e a equipe escolar trabalhariam com um tipo de avaliação descritiva que desenha, por meio de vetorizações, quem a criança é, e contextualiza como ela está no momento do registro. Os Mapas sempre descreverão os adultos e também o ambiente! Cruzar dados no Mapa que revela a geografia da criança, seu "céu" e "inferno" (tal qual no jogo de amarelinha), em que suas latitudes e longitudes são as relações da criança consigo mesma, com as outras crianças, com os adultos de sua escola e comunidade, com o tempo, com o espaço, com o outro, com a língua mãe, com a cultura compartilhada, com o mundo ao seu redor... Haveria algo mais rico e interativo que isso?

O dramaturgo e diretor teatral Ilo Krugli criou uma proposta na linguagem gráfica para todas as idades que ele nomeia o "Mapa da Vida" e que ele pratica há décadas. Em suas aulas de teatro, Ilo faz essa proposta, por exemplo, com atores adultos que querem trabalhar junto a crianças, de modo a ampliar suas memórias de infância e registro existencial, bem como conceber projetos de futuro. Com diferentes técnicas de desenho e pintura, Ilo propõe que seu aluno faça de uma grande folha de cartão sua base e suporte para criar o grafismo de três momentos: passado / presente / futuro. Penso que o educador que desenvolva a criação dos mapas e cartografias de seus alunos e de sua prática educativa, pode também fazer o "Mapa da Vida" em diversos momentos do ano, propondo às crianças que elas mesmas se retratem: e que passem a planejar novos passos na trajetória cotidiana, por meio daquilo que Gaston Bachelard nomeou *razão imaginante*. Isso completará um ciclo no qual as crianças também se avaliarão, a seu modo: jeito de ser polimorfo, pré-reflexivo, onírico. Isso é permitir a pesquisa da linguagem da primeira infância, em gesto e palavra: por em jogo e deixar circular essa linguagem encarnada no corpo e nas práticas de vida.

Remate

Vislumbrei, junto ao leitor, maneiras de *enriquecer o olhar* adulto para a criança e a vida infantil, suas peculiaridades e seu convívio em grupo, por meio das "quatro precauções metodológicas" elencadas por Merleau-Ponty, bem como por meio de uma abertura para um conhecimento aprofundado acerca dos existenciais outridade, corporalidade, linguisticidade, temporalidade, espacialidade e mundaneidade. Nessa chave, aqueles são os âmbitos da vida de todos, adultos e crianças, e poder pensar sobre eles é viver a partir da compreensão deles também.

Também convidei o leitor a aprofundar-se no que a Sociologia da Infância e a Antropologia da Criança estão chamando, hoje, de *culturas da infância*. Percebi, ao longo dos anos de estudo da Fenomenologia da Infância, que o que mais se aproxima dos ensinamentos contidos nos Cursos na Sorbonne são as propositivas daquelas disciplinas, cujas metodologias são irmãs. Perceba como Manuel Sarmento fala sobre elas e revisite o pensamento de Merleau-Ponty ao longo do livro:

> Relativamente às metodologias selecionadas para colher e interpretar a voz das crianças, os estudos etnográficos, a observação participante, o levantamento dos artefatos e produções culturais da infância, as análises de conteúdo dos textos reais, as histórias de vida e as entrevistas biográficas, as genealogias, bem como a adaptação dos instrumentos tradicionais de recolha de dados, como, por exemplo, os questionários, às linguagens e iconografia das crianças, integram-se entre os métodos e técnicas de mais frutuosa produtividade investigativa. Porém, para além da técnica, o sentido geral da reflexividade investigativa constitui um princípio metodológico central para que o investigador adulto não projete seu olhar sobre as crianças, colhendo junto delas apenas aquilo que é reflexo conjunto dos seus próprios preconceitos e representações. Não há olhares inocentes, nem ciência construída a partir de ausência de concepções pré-estruturadas, valores e ideologia. O que se encontra aqui em causa é, por isso, uma atitude investigativa, que, sendo comum às ciências sociais, é aprofundadamente teorizada no campo da Antropologia Cultural (GEERTZ, 1973/1989 e 1995) de constante confronto do investigador consigo próprio e com a radical alteridade do outro, que constitui o objeto da investigação. A "autonomia conceitual" supõe o descentramento do olhar do adulto como condição de percepção das crianças e de inteligibilidade da infância (SARMENTO, 1997, p. 25-26).

O estudo da fenomenologia merleau-pontiana revela-se, portanto, afinado com o dizer de Sarmento, em cujo cerne está um grande ganho para as crianças, por meio das novas formas de trabalhar na direção de apreender "a criança por ela mesma", bem como nas trilhas de reflexividade investigativa a serem percorridas pelo educador, de maneira que saiba mais sobre si, sobre o outro, sobre o mundo em que vive e que compartilha com crianças e com outros adultos. Remeto o leitor à primeira citação deste livro: "É em nós próprios que encontraremos a unidade da fenomenologia e seu verdadeiro sentido". Se esse texto provocou interesse e curiosidade no seu leitor "para saber mais", terá cumprido, da melhor forma possível, seu papel: na direção de práticas educativas de reflexão e liberdade, com vistas à criança se tornar, ela mesma, dramaturga e *performer* de sua existência.

| Capítulo IV

Para saber mais

Em uma edição especial da revista *Cult*, Eduardo Socha comenta que

> [...] o centenário [de nascimento de Maurice Merleau-Ponty, em 2008] mostra que não existe aquele distanciamento temporal para avaliarmos a importância da obra de Merleau-Ponty na filosofia do século 20, pois, a julgar pelo número crescente de teses e livros que envolvem seu pensamento, estamos tratando aqui ainda de um grande canteiro teórico de obras (2008, p. 43).

Desse modo, percebemos que ainda está por vir o reconhecimento da real importância da obra desse importante filósofo francês. Optei, para organizar este capítulo com dicas de leitura, por categorizar os grandes conteúdos com os quais o livro *Merleau-Ponty & a Educação* lidou: a Fenomenologia em geral; a Fenomenologia e Merleau-Ponty pensados por outros autores; as obras editadas de Merleau-Ponty, os elos de meu próprio pensamento como estudiosa de Merleau-Ponty, elos que conversam com a educação infantil, com o brincar e o fazer teatro e, finalmente, indicações sobre as importantes pesquisas da Antropologia da Criança e da Sociologia da Infância, áreas que se ocupam em estudar a criança do seu próprio ponto de vista.

Para saber mais sobre a Fenomenologia em geral:

Livros

DARTIGUES, A. *O que é Fenomenologia?* São Paulo: Centauro, 2003.

LYOTARD, J.-F. *A Fenomenologia.* Lisboa: Edições 70, 1999.

RIBEIRO Jr., J. *Introdução à Fenomenologia.* Campinas: Edicamp, 2003.

Revistas

MOUTINHO, L. D. S.; PINTO, D. C. M.; FERRAZ, M. S. A. F. Sartre/Husserl/Merleau-Ponty: As Bases do Pensamento Fenomenológico. *Revista Mente, Cérebro & Filosofia/ Fundamentos para a compreensão contemporânea da psique,* v.5, p. 76-98.

CHAUÍ, M.; PINTO, D. C. M.; DORFMAN, E.; PERIUS, C. Dossiê Merleau-Ponty. *Revista CULT,* ano 11, n.123/abril 2008. Disponível em: <http://www.revistacult.com.br>.

Para saber mais sobre a Fenomenologia e Merleau-Ponty:

Sites

Em português:

CADERNOS Espinosanos nº 20 (sobre Maurice Merleau-Ponty). Disponível em: <http://www.fflch.usp.br/df/espinosanos/20.html>. Acesso em: 05 set. 2009.

VON ZUBEN, Newton Aquiles. *Fenomenologia e Existência: Uma Leitura de Merleau-Ponty.* Disponível em: <http://www.fae.unicamp.br/vonzuben/fenom.html>. Acesso em: 05 set. 2009.

Em inglês:

FLYNN, Bernard. Maurice Merleau Ponty. *Stanford Encyclopedia of Philosophy.* Disponível em: http://plato.stanford.edu/entries/merleau-ponty/. Acesso em: 08. set. 2009.

REYNOLDS, J. *Internet Encyclopedia of Philosophy.* Disponível em: http://www.iep.utm.edu/merleau/. Acesso em: 08. set. 2009.

Em francês:

REYNOLDS, Jour. *Dictionnaire des philosophes das edições PUF (Presses Universitaires de France).* Disponível em: <http://www.puf.com/wiki/Auteur:Merleau-Ponty>. Acesso em: 08. set. 2009.

Livros

CARMO, P. S.; COELHO Jr., N. *Merleau-Ponty: Filosofia como Corpo e Existência*. São Paulo: Escuta, 1992.

CHAUÍ, M. S. *Experiência do pensamento/ Ensaios sobre a obra de Merleau-Ponty*. São Paulo: Martins Fontes, 2002.

MOUTINHO, L. D. S. *Razão e Experiência: Ensaio sobre Merleau-Ponty*. São Paulo: Editora da UNESP, 2006.

DVDs

CRÍTICA da Razão na Fenomenologia de Merleau-Ponty. Conferências com o Prof. Dr. Luiz Damon e Prof. Dr. Carlos Alberto Ribeiro de Moura (tradutor de boa parte da obra de Merleau-Ponty e professor de Filosofia Francesa na USP). EDUFSCAR, 2008. 1 DVD.

Para saber mais sobre a obra de Merleau-Ponty:

Livros

CHAUÍ, Marilena de Souza (Comp.). *Textos escolhidos: Merleau-Ponty*. São Paulo: Abril, 1992. (Coleção "Os Pensadores").

Livros escritos por Merleau-Ponty, traduzidos e publicados no Brasil:

MERLEAU-PONTY, M. *As Aventuras da Dialética*. São Paulo: Martins Fontes, 2006.

MERLEAU-PONTY, M. *A Estrutura do Comportamento*. São Paulo: Martins Fontes, 2006.

MERLEAU-PONTY, M. *A Natureza/ Curso do Collège de France*. São Paulo: Martins Fontes, 2000.

MERLEAU-PONTY, M. *A prosa do mundo*. São Paulo: Cosac & Naify, 2002.

MERLEAU-PONTY, M. *Conversas – 1948*. São Paulo: Martins Fontes, 2004.

MERLEAU-PONTY, M. *Fenomenologia da percepção*. São Paulo: Martins Fontes, 2006.

MERLEAU-PONTY, M. *Humanismo e terror*. Rio de Janeiro: Edições Tempo Brasileiro, 1968.

MERLEAU-PONTY, M. *O olho e o espírito*. São Paulo: Cosac & Naify, 2004.

MERLEAU-PONTY, M. *O primado da percepção e suas conseqüências filosóficas*. Campinas: Papirus, 1990.

MERLEAU-PONTY, M. *O visível e o invisível*. São Paulo: Perspectiva, 2003.

MERLEAU-PONTY, M. *Psicologia e pedagogia da criança*. São Paulo: Martins Fontes, 2006.

MERLEAU-PONTY, M. *Signos*. São Paulo: Martins Fontes, 1991.

Para saber mais sobre o brincar:

Livros

MACHADO, M. M. *O brinquedo-sucata e a criança/ A importância do brincar *Atividades e Materiais*. São Paulo: Edições Loyola, 1994.

MACHADO, M. M. *A poética do brincar*. São Paulo: Edições Loyola, 1998.

Para saber mais sobre o fazer teatro:

Livros

ARTAUD, A. *O teatro e seu duplo*. São Paulo: Martins Fontes, 2006.

LEHMANN, H.-T. *Teatro pós-dramático*. São Paulo: Cosac & Naify, 2007.

MACHADO, M. M. *Cacos de infância/ teatro da solidão compartilhada*. São Paulo: Annablume/ FAPESP, 2004.

RYNGAERT, J.-P. *Jogar, representar*. São Paulo: Cosac & Naify, 2009.

Para saber mais sobre antropologia e sociologia da infância:

Sites

CURRÍCULO SEM FRONTEIRAS, v. 6. Disponível em: <http://www.curriculosemfronteiras.org>. Acesso em: 10 set. 2009.

UNIVERSIDADE DO MINHO (Centro de Estudos da Criança - CESC). Disponível em: <http://www.uminho.pt>. Acesso em: 09 set. 2009.

Livros

COHN, C. *Antropologia da criança*. Rio de Janeiro: Zahar Editores, 2005.

PINTO, M.; SARMENTO, M. J. (orgs). *As crianças/ contextos e identidades*. Minho: Universidade do Minho, 1997.

SARMENTO, M. J.; DE GOUVEA, M. C. S. *Estudos da infância/ Educação e Práticas Sociais*. Petrópolis: Vozes, 2008.

SARMENTO, M. J.; VASCONCELOS, V. M. R. de V. (orgs). *Infância (in) visível*. Araraquara: Junqueira & Marin Editores, 2007.

REFERÊNCIAS

ABBAGNANO, N. et al. *Dicionário de Filosofia*. São Paulo: Mestre Jou, 1970.

ARENDT, H. *A condição humana*. Rio de Janeiro: Forense Universitária, 2004.

ARENDT, H. *Entre o passado e o futuro*. São Paulo: Perspectiva, 1972.

BACHELARD, G. *A poética do espaço*. São Paulo: Martins Fontes, 1993.

BACHELARD, G. *A poética do devaneio*. São Paulo: Martins Fontes, 1988.

BACHELARD, G. *A formação do espírito científico*. Rio de Janeiro: Contraponto, 1996.

BACHELARD, G. *A Água e os sonhos*. São Paulo: Martins Fontes, 1998.

BARBOSA, P. *Prefácio para uma personagem só*. Lisboa: Vega, 1993.

BARTHES, R. *Escritos sobre o teatro*. São Paulo: Martins Fontes, 2007.

BEAUFRET, J. *Introdução às filosofias da existência: de Kierkegaard a Heidegger*. São Paulo: Duas Cidades, 1976.

BRUNER, J. *O processo da educação*. São Paulo: Editora Nacional, 1974.

BRUNER, J. *Uma nova teoria de aprendizagem*. São Paulo: Bloch Editores, 1976.

BRUNER, J. *Atos de significação*. Porto Alegre: Editora Artes Médicas, 1997.

BLAKE, W. *Cantigas da Inocência e da experiência*. Lisoba: Antígona, 1994.

Cadernos de Literatura Brasileira/ *Clarice Lispector*. São Paulo: Instituto Moreira Salles, 2004.

CERTEAU, M. de. *A invenção do cotidiano: 1. artes de fazer*. Rio de Janeiro: Vozes, 1994.

CHAUÍ, M. *Experiência do pensamento*. São Paulo: Martins Fontes, 2002.

CHAUÍ, M. *Convite à Filosofia*. São Paulo: Editora Ática, 2002.

COÊLHO, I. M.; BICUDO M. A. V.; CAPELLETI, I. F. (Orgs.) *Fenomenologia: uma visão abrangente na educação*. São Paulo: Editora Olho d'Água, 1999.

DE MÈREDIEU, F. *O desenho infantil*. São Paulo: Cultrix, 1997.

DELAHAIE-PODEROUX, P. *A criança no mundo dos adultos*. São Paulo: Augustus, 1996.

DERRIDA, J. *Adeus a Emmanuel Lévinas*. São Paulo: Perspectiva, 2004.

DILTHEY, W. *Psicologia e Compreensão/ Idéias para uma psicologia descritiva e analítica*. Lisboa: Edições 70, s/d.

DOLTO, F. *A causa das crianças*. Aparecida: Idéias & Letras, 2005.

DOLTO, F. *No jogo do desejo*. Rio de Janeiro: Jorge Zahar Editores, 1984.

DOLTO, F *Solidão*. São Paulo: Martins Fontes, 1998.

DOLTO, F. *Tudo é linguagem*. São Paulo: Martins Fontes, 1999.

DUVIVIER, G. *A partir de amanhã eu juro que a vida vai ser agora*. Rio de Janeiro: 7 Letras, 2008.

ELIADE, M. *O sagrado e o profano*. São Paulo: Martins Fontes, 2001.

GEERTZ, C. *Nova luz sobre a antropologia*. Rio de Janeiro: Jorge Zahar Editores, 2001.

GEERTZ, C. *A interpretação das culturas*. Rio de Janeiro: LTC, 1989.

GRAÑA, R. B.; OUTEIRAL, J. O. *Donald W. Winnicott/ Estudos*. Porto Alegre: Artes Médicas. 1991.

GUIMARÃES ROSA, J. "Campo Geral" In *Corpo de Baile (Sete Novelas)*. Rio de Janeiro: Editora do Autor, 1964.

GUIMARÃES ROSA, J. *Primeiras estórias*. Rio de Janeiro: José Olympio Editores, 1964.

GULLAR, F. *Relâmpagos/ Dizer o Ver*. São Paulo: Cosac& Naify, 2003.

HEIDEGGER, M. *Ser e Tempo/ Parte I*. Petrópolis: Editora Vozes, 1995.

HELENO, J. M. M. *Hermenêutica e Ontologia em Paul Ricouer*. Lisboa: Instituto Jean Piaget. 2001.

LAPLANCHE & PONTALIS. *Vocabulário de psicanálise*. São Paulo: Martins Fontes, 1992.

LISPECTOR, C. *A legião estrangeira/ Contos e crônicas*. Rio de Janeiro: Editora do Autor, 1964.

LISPECTOR, C. *O mistério do coelho pensante*. Rio de Janeiro: José Álvaro Editor, 1967.

LISPECTOR, C. *A mulher que matou os peixes*. Rio de Janeiro: Rocco, 1999.

LOPES, R. G. *Clínica psicopedagógica – perspectiva da antropologia fenomenológica e existencial*. Porto: Hospital do Conde de Ferreira, 1993.

LYOTARD, J-F. *A fenomenologia*. Lisboa: Edições 70, 1999.

LYOTARD, J-F. *O inumano./ Considerações sobre o tempo*. Lisboa: Editorial Estampa, 1997.

MACHADO, M. M. *O brinquedo-sucata e a criança/ A Importância do Brincar – Atividades e Materiais*. São Paulo: Edições Loyola, 1994.

MACHADO, M. M. *A poética do brincar*. São Paulo: Edições Loyola, 1998.

MACHADO, M. M. *Cacos de infância/ Teatro da solidão compartilhada*. São Paulo: Fapesp/Annablume, 2004.

MAY, R. org. *Existencia/ Nueva Dimension in Psiquiatria y Psicologia*. Madrid: Editorial Gredos, 1997.

MERLEAU-PONTY, M. *A fenomenologia da percepção*. São Paulo: Martins Fontes, 1999.

MERLEAU-PONTY, M. *A prosa do mundo*. São Paulo: Cosac& Naify, 2002.

MERLEAU-PONTY, M. *O visível e o invisível*. São Paulo: Perspectiva, 2003.

MERLEAU-PONTY, M. *Merleau-Ponty na Sorbonne/Resumo de Cursos/ Filosofia e Linguagem*. Campinas: Papirus, 1990a.

MERLEAU-PONTY, M. *Merleau-Ponty na Sorbonne/Resumo de Cursos/ Psicossociologia e Filosofia*. Campinas: Papirus, 1990b

MERLEAU-PONTY, M. *Textos sobre estética*. In Coleção Os Pensadores. São Paulo: Abril Cultural, 1980.

MERLEAU-PONTY, M. *O primado da percepção e suas conseqüências filosóficas*. Campinas: Papirus, 1990.

MERLEAU-PONTY, M. *Ciências do Homem e Fenomenologia*. São Paulo: Saraiva, 1973.

NOVAES, A. et al. *O olhar*. São Paulo: Companhia das Letras, 1988.

OSTROWER, F. *A sensibilidade do intelecto / Visões paralelas de espaço e tempo na arte e na ciência*. Rio de Janeiro: Editora Campus: 1998.

ORLANDI, E. *As Formas do Silêncio / No Movimento dos Sentidos*. Campinas: Editora da UNICAMP, 1997.

PAVIS, P. *Dicionário de teatro*. São Paulo: Perspectiva, 1999.

PAZ, O. *Claude Lévi-Strauss ou o Novo Festim de Esopo*. São Paulo: Perspectiva, 1993.

PESSOA, F. *Alguma prosa*. São Paulo: Nova Aguilar, 1976.

PESSOA, F *Ficções do Interlúdio/1 – Poemas completos de Alberto Caeiro*. Rio de Janeiro: Nova Fronteira, 1980.

PESSOA, F. *O Eu profundo e os outros Eus*. Rio de Janeiro: Nova Fronteira, 1980.

PUPO, M. L. de S. B. *Entre o Mediterrâneo e o Atlântico: Uma aventura teatral*. São Paulo: Perspectiva, 2005.

PUPO, M. L. de S. B. "O Pós-Dramático e a Pedagogia Teatral". In GUINSBURG, J.; FERNANDES, S. (Orgs.) *O Pós-Dramático*. São Paulo: Perspectiva, 2009.

QUINTANA, M. *Lili inventa o mundo*. São Paulo: Global, 2005.

RICOUER, P. *O conflito das interpretações: ensaios sobre hermenêutica*. Rio de Janeiro: Imago, 1978.

RICOUER, P. *O único e o singular*. São Paulo: Ed. UNESP/PA:UEPA, 2002.

RODARI, G. *O livro dos porquês*. São Paulo: Editora Ática, 1996.

STEINBERG, S. R.; KINCHELOE, J. L. Orgs. *Cultura infantil/A construção corporativa da infância*. Rio de Janeiro: Civilização Brasileira, 2001.

WINNICOTT, D. W. *A criança e o seu mundo*. RJ: Zahar Editores, 1982.

WINNICOTT, D. W. *Playing and Reality*. NY: Routledge, 1994.

WINNICOTT, D. W. *Tudo começa em casa*. São Paulo: Martins Fontes, 1996.

YEATS, W. B. *Poemas*. São Paulo: Companhia das Letras,1994.

A AUTORA

Marina Marcondes Machado é escritora, psicóloga clínica graduada pela PUC/SP, mestre em Artes pela ECA/USP e doutora em Psicologia da Educação na PUC/SP. É autora dos livros *O brinquedo-sucata e a criança / A Importância do Brincar * Atividades e Materiais* (1994) e *A Poética do Brincar* (1998), ambos editados por Edições Loyola, SP. Sua dissertação de mestrado foi publicada em 2004 pela Annablume Editora e FAPESP com o título *Cacos de infância – teatro da solidão compartilhada*. Marina foi atriz de teatro na Casa do Ventoforte e lá também se iniciou como arte-educadora, sob supervisão de Ilo Krugli. Ensinou teatro para crianças na Escola Municipal de Iniciação Artística (EMIA-SP) de 1989 a 2000, afastando-se para usufruir sua bolsa de mestrado pela FAPESP, voltando a trabalhar na EMIA no período entre 2003 a 2008. Entre 2002 e 2007, foi docente na Universidade Nove de Julho, em São Paulo, no curso de graduação em Psicologia. Também foi bolsita FAPESP no pós-doutorado (2009) da Escola de Comunicações e Artes ECA/USP e desenvolveu o projeto "Territórios do brincar", na área de Pedagogia do Teatro, sob supervisão de Maria Lúcia de Souza Barros Pupo. Foi conferencista convidada no pós-graduação em Artes Cênicas na ECA/USP (2010) para lecionar a disciplina "Infância e Cena Contemporânea", é psicoterapeuta e trabalha com formação de professores da Educação Infantil.

QUALQUER LIVRO DO NOSSO CATÁLOGO NÃO ENCONTRADO NAS
LIVRARIAS PODE SER PEDIDO POR CARTA, FAX, TELEFONE OU PELA INTERNET.

Rua Aimorés, 981, 8º andar – Funcionários
Belo Horizonte-MG – CEP 30140-071

Tel: 55 (31) 3222 6819
Fax: 55 (31) 3224 6087
Televendas (gratuito): 0800 2831322

vendas@autenticaeditora.com.br
www.autenticaeditora.com.br

ESTE LIVRO FOI COMPOSTO COM TIPOGRAFIA ITC GARAMOND E IMPRESSO
EM PAPEL OFF SET 75 G NA FORMATO ARTES GRÁFICAS.